9個少女的宿舍

girls 3

孤泣 著

also known as avarice, cupidity, or covetous-
... a sin of desire. However, greed (as seen
... an artificial, rapacious desire and pursuit
...omas Aquinas wrote, "Greed is a sin
...tal sins, in as much as man condemns
...temporal things." In Dante...

reed
ed (Latin: avaritia), also kn
s, is, like lust and gluttony
the Church) is applied to an
material possessions. Thom
against God, just as all mort
things eternal for the sake o
the penitents are bound and
concentrated excessively o
9個少女的宿舍
Greed
(Latin: avaritia), a
like
and glutt
d to
Thom

人物介紹

吳可戀

身高：160cm **年齡：**20 **職業：**慈善機構員工

不喜歡社會的規範，不滿本身的工作，甚至痛恨上司，一直想轉工。有點小聰明，喜歡看懸疑和推理電影，是一個孝順女，非常崇拜現職立法會議員的父親。

程嬅畫

身高：162cm **年齡：**21 **職業：**中學教師

曾經是可以為愛情而死的女生，經過社會的洗禮，慢慢變成現實的人，會為了自己的前途不擇手段。一生中只愛一個男人，同時最恨這一個深愛的男人。

余月晨

身高：160cm **年齡：**22 **職業：**上市公司秘書

小時候很窮困，所以長大後變得物質至上，名牌手袋、化妝品是她的最愛。因小時候要自己照顧自己，所以學得一手好廚藝，最愛是韓國菜和紅酒，還有茉莉花香味。

黎奕希

身高：155cm **年齡：**23 **職業：**車房員工

學生時代因打架曾入過女童院，她是空手道黑帶。樂天派，口直心快。為人重情義，有一份男子氣概，是一個女漢子，不過，經打扮後也是一位美人兒。

金慧希　鈴木詩織　蔡天瑜　趙靜香　許靈霾

許靈霾

身高： 163cm **年齡：** 22 **職業：** 無業

經常木無表情卻心思細密，觀察力非常強。她用身體換取金錢，卻不怎覺得有問題，她只當是一場交易。她有一份拯救別人的心，會因為沒法幫助別人而內疚。

趙靜香

身高： 158cm **年齡：** 20 **職業：** 私家醫院接待員

為人比較文靜，喜歡去遊行，拍攝世界各地不同國家天空下的風景，是一位素食者。入住宿舍是為了找尋一位好友呂守珠的下落，卻墮進一場又一場恐怖遊戲之中。

蔡天瑜

身高： 155cm **年齡：** 21 **職業：** Freelance 化妝師

喜歡 New Age 等神秘的東西，不怕鬼，卻相信有神，是一名素食者。除了化妝班，還讀過美甲與醫護的課程，擁有不同的證書。

鈴木詩織

身高： 168cm **年齡：** 17 **職業：** 中學生

中日混血兒，父親避債，留下小時候的她與媽媽相依為命。媽媽過身後，只能寄人籬下，住在親戚的家。別人眼中的乖乖女，其實內心非常黑暗。

金慧希

身高： 165cm **年齡：** 24 **職業：** 不詳

韓國宿舍的交換生，性格冷漠，崇尚暴力血腥，在南韓犯案被通緝，其他不詳。

佔領遊戲
Chapter #15
Occupy Game
111
下半場
Chapter #16
Second Half
177
嗜慾男
Chapter #17
Libido Boy
213

1 Peter 5:2
Be shepherds of God's flock that is
your care, watching over
them—not because you must, but
because you are willing, as God
wants you to be; not pursuing
dishonest gain, but eager to serve

《智度論》卷三十一

有利益我者生貪慾，違逆我者而生嗔恚，
此結使不從智生，從狂惑生，
是故名爲痴，三毒爲一切煩惱根本。

序章 Prologue

Prologue

序章

下午三時，今貝女子宿舍食堂。

「沒想到大帽山上會有這個地方！」他高興地說：「地圖也沒有記錄！」

「香港還有很多地方是地圖也沒有記錄的呢。」白修女說，然後替他加茶。

他看到白修女用沙布包著的手。

「先喝杯茶吧。」另一位黃修女說。

黃修女是趙靜香的好友，呂守珠。

他拿起了高級的拉花茶杯，用鼻子嗅嗅茶香，不過，他並沒有喝下去。

「言歸正傳，你們找我來有什麼事？」他收起了笑容，放下茶杯。

黃修女、白修女沒有說話，只等待坐在中間的她回答。

等待香港區今貝女子宿舍的最高決策人——女神父回答。

曾經，在「他」出版第一集《APPER人性遊戲》時，發現這本小說多賣出的一千本，不是在書店銷售，而是直接賣到一個奇怪的地址，而這個地址，就是地圖也不存在的……

今貝女子宿舍。

「他」找來好友黃伊逸調查，正好黃伊逸跟這次入宿的女生許靈霾是朋友，他已經知道今貝女子宿舍正進行著一場又一場可怕的遊戲。

他就是《APPER人性遊戲》的作者，子瓜。

「我要你來，是要多謝你。」女神父微笑。

她的微笑中帶著一份邪惡。

「多謝我什麼？」他反問。

「就是因為你寫了《APPER人性遊戲》，我們宿舍每年的收入才可以不斷上升。」女神父說。

「關我事嗎？」他不解。

女神父看了白修女一眼，白修女拿出了一份資料。

內容全是他們設計的遊戲資料，當中包括淘汰遊戲、碟仙遊戲，還有病毒遊戲等等。

「我們都依照你小說內的遊戲藍本來設計遊戲，而且非常成功，把人性的黑暗面發揮得淋漓盡致。」女神父說。

他看著手上的資料，皺起了眉頭。

「這些內容……妳也想出一本小說嗎？」他說：「還是想我的出版社幫妳出本小說？不過，我們的出版社不是什麼人也可以簽約成為作家的。」

「才不是。」

「還是妳想給我版稅？」他把資料掉回桌上微笑：「找我來，還有其他原因？」

黃修女走到他的身邊，然後把一張巨額的支票放在他的面前。

「什麼意思？真的給我版稅嗎？還是抄襲我的掩口費？」他的眼神銳利。

「我要你為我們宿舍……**設、計、遊、戲**！」

「什麼？」

女神父站了起來，雙手按住桌面身體傾前說：「參加的女生都為了錢而不惜一切、不擇手段！我要你為我們設計遊戲，讓他們的醜惡人性全部盡現！」

「我不妨直說，妳……」他在苦笑搖頭：「妳的腦袋是不是有什麼問題？」

「媽的！別要對女神父不敬！」紅修女大叫。

「啊？穿紅色修女服的易服癖變性人在大聲說粗口！太正！這很有戲劇效果！可以寫入小說！」他反而高興。

「你說什麼？」紅修女怒氣沖沖。

女神父看了他一眼，紅修女低下了頭。

「我的腦袋有問題又如何？」女神父說。

從作家的文字之中，她們大概也了解這位古怪作家的性格，他未必會接受這筆錢，女神父已經想到了第二個邀請他的方法與計劃。

「沒問題！」他說。

在場的人也有點意外。

「因為……我腦袋也是有問題！嘿！」他一手拿起了那張支票：「我也正等錢用呢。」

他們幾個人也沒想到他竟然會一口答應。

「Enjoy My Game!」他奸笑：「不，不對，應該是Welcome To Our Game!」

「合作愉快！」女神父非常高興。

「Welcome To My Game!」

他會為了錢而想出傷害別人的遊戲？

他從來也不是這樣的一個人。

為什麼他又要接受這個邀請？

《為了萬惡的金錢，黑暗的人性盡現。》

Pharmaceutical
00 — XX
Fentanyl Transdermal

Sickdom
IVO

Chapter #13

拯救遊戲

Save

拯救遊戲 1

回到「病毒遊戲」的那天。

來到遊戲的最後一部分。

在上個遊戲勝出的女生，包括了綠修女、許靈靈、趙靜香、金慧希，她們被安排到房間內的沙發位置坐下來。

而其他輸掉的女生，包括吳可戀、程嬅畫、鈴木詩織、蔡天瑜、黎奕希、余月晨，她們被安排到另一邊，困在一個蓋上鐵柵頂的大魚缸之內。

在「魚缸」的上方，開始向下灌水！在魚缸的六人都非常驚慌！

「這是一個拯救別人的遊戲，她們的生死就掌握在你們四個人的手中！」綠修女說：「你們就以抽大細遊戲，看看可以拯救誰出來！你們能否把六尾『美人魚』拯救出大魚缸？」

遊戲規則顯示於場內的大螢光幕上。

一、五十四張牌，最大的是兩隻Joker，然後牌型由A最大至到2最細，而黑桃♠、紅心♥、梅花♣、方塊♦沒有分別，大細同屬一樣；

二、四個人，每人可以抽出兩張牌，一共八張；
三、八張牌可以隨意組合，進行六局比拼牌大細的遊戲，由四人對戰今貝女子宿舍代表；
四、J為11、Q為12、K為13、A為14，而Joker為15，單張牌中最大；
五、每勝出一局，可以拯救其中一個人，最多可能拯救全部六個人，打和也可拯救一人，
但如果手上沒有牌，就會被當成0；
六、八張牌要在六局內全部用上；
七、遊戲時間直到水位升到最高，如果還未完成遊戲，在「魚缸」中的人都會全部被浸死。

Welcome To Our Game!

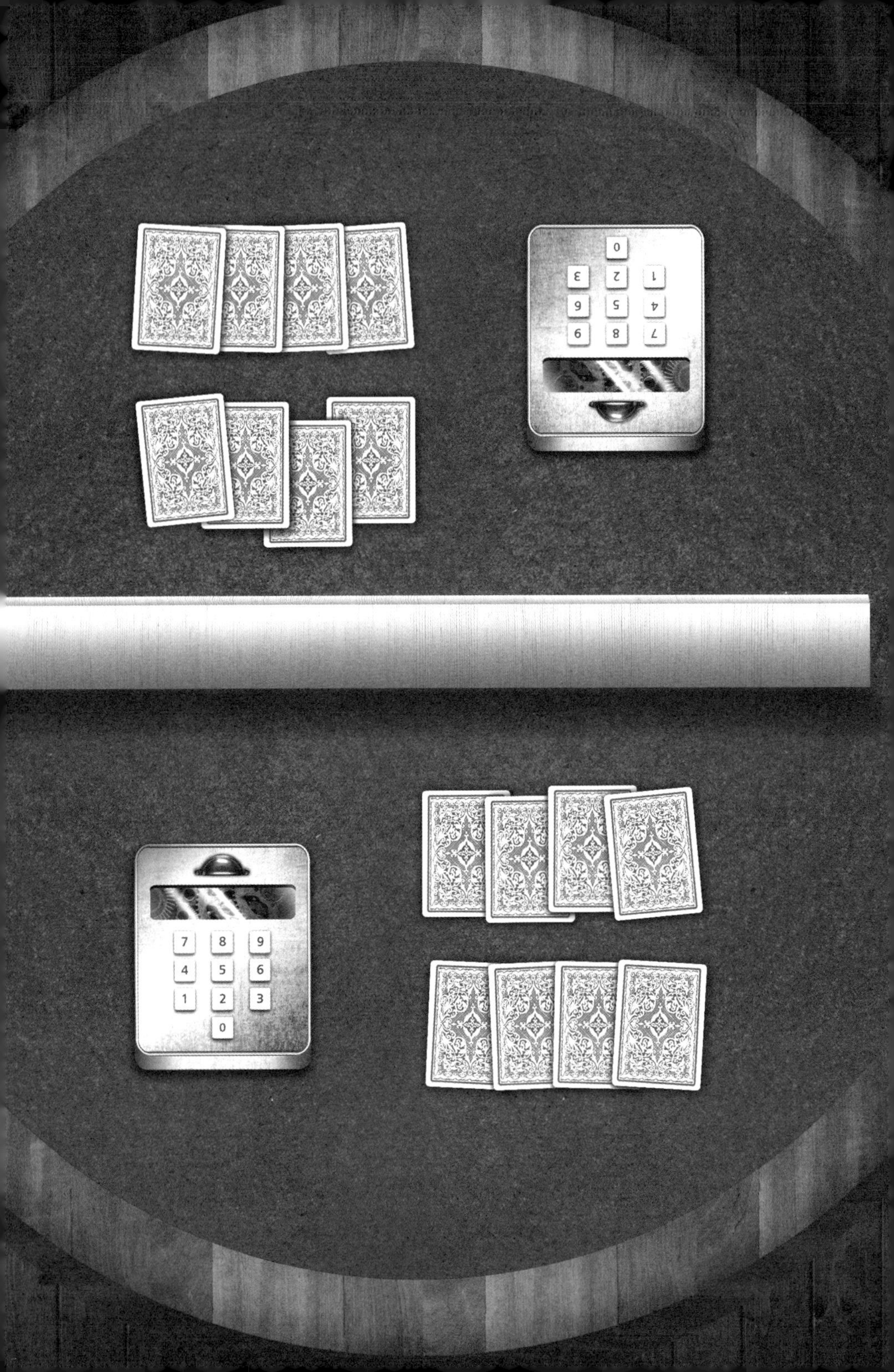
0
1 2 3
4 5 6
7 8 9
7 8 9
4 5 6
1 2 3
0

在魚缸內的六人一起看著螢光幕上的規則，她們心想，如果要六個人都被救出，就要全部六局的牌都比較大，機會率是六十四分之一……即是微乎其微。

許靈霾看著魚缸的水已經來到她們的腳眼：「快開始遊戲吧！」

「不用這麼心急呢，先來一局示範。」光頭的綠修女說：「怎說，我們現在都是在……『合作』。」

她說得沒錯，他們四個人要合作才有更大的勝算！

「那快開始示範吧！」趙靜香說。

對趙靜香來說，只看文字，她未能完全明白遊戲的玩法，來一場示範也未必是一件壞事。

在魚缸與沙發中間升起了一張長木桌，綠修女、許靈霾、趙靜香、金慧希四人走到木桌前，對面的是一位黑修女，她就是遊戲的荷官，同時也是對手。在桌上放了五十四張牌，黑修女純熟地洗牌，然後攤在桌面上。

「現在每人可抽出兩張牌。」黑修女說。

他們四人一起抽出兩張牌，一共八張，而黑修女也抽出八張。

「現在妳們可以隨意組合，可以是一局一張、也可以是一局兩張，甚至三張，一次過六張也可以。」黑修女說。

「如果要六局都勝出，不可能一次過六張隨意組合，不，甚至是只有兩局可以用多一張牌吧。」綠修女笑說。

「妳說得沒錯。」許靈靈思考著。

她的意思是，比如六張牌一次過在同一局打出，是必勝的，不過，她們只能救出一人，因為其餘的五局她們也沒有牌在手，必敗。

「快點。」金慧希目無表情地說：「真的很沒趣，我根本不想救人。」

「哈哈！果然！妳的想法跟我一樣！」綠修女說。

「現在可以一起打開手上的牌。」黑修女說：「記得，正式開始時，也是由我說開牌後才可以打開來看。」

趙靜香看著魚缸內全身濕透的六個女生：「快打開吧！」

他們四人一起打開。

許靈靈手上的牌是4、K。趙靜香手上的牌是8、9。

金慧希手上的牌是3、6。

綠修女手上的牌是5、A。

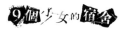

「因為被別人知道出幾多張牌會影響每局的遊戲結果，所以不能讓對方知道。」黑修女說：「桌上有一個輸入數字的機器，0至6代表了會出多少張牌，按下後就要跟著選擇出相同

數目的牌。」

現在她們手上的牌是3、4、5、6、8、9、K、A一共八張牌。

她們手上有這八張牌，如果要平衡分配而贏出六局，牌的組合一定要「每局最大化」，即是這樣：

A一局、K一局、9一局、8一局、6+3=9一局、4+5=9一局，一共六局，最細的是「8」的單隻牌「組合」。

當然，還要看對方的牌的大細。

黑修女已經按下數字機器，準備出牌。

「我們要怎樣？」趙靜香問。

許靈霾看著大家手上的兩張牌，心中在盤算著。

《你會選擇犧牲少數的人，來拯救更多的人？》

拯救遊戲2

Chapter #13 - Save #2

「先出這一張，如何？」許靈霾說。

「好！」趙靜香說。

其他兩個人都沒有意見，許靈霾手上的是「K」。

她在數字的機器按下了「1」。

「好了，如果已經決定了，請放出牌。」黑修女說。

他們兩邊都放出了一張牌。

一切完成後，黑修女說：「現在可以打開了。」

兩邊都打開，靈霾出的牌是「K」，而黑修女是……「J」。

在靈霾那邊的數字機器亮起燈，代表了他們勝出第一局，可以援救六個女生的其中一位。

「就是這樣的操作，明白的話我們現在就來正式遊戲。」黑修女說。

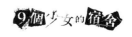

「靈霾，妳想到了什麼？」靜香在她的耳邊問。

「很難六局都勝出。」靈霾說：「對方可以前五局完全不出牌，他就可以至少殺死一個人。」

「真的！」靜香掩著嘴巴：「那代表了……」

靈霾看著大魚缸內的六個女生：「代表了有人要死在裡面。」

另一個最重要的問題，就是……「她們應該先救誰？」因為是四個人一組，他們要達成協議才可以選出要救的人，很困難的決定，而耽誤了時間又會變得非常危險。

她們要怎樣做？

遊戲正式開始。

大魚缸內的水位已經來到了她們的小腿。

黑修女純熟地洗牌，然後她們各自抽出牌放在桌上。

靈霾把靜香抽出兩張牌拿了過來，他們手上合共有四張牌，她還未打開來看。

「現在可以打開牌看。」黑修女說。

「等等！」靈霾叫停了大家。

「你有什麼問題呢？」黑修女問。

「我想……」靈靈看著牌：「跟妳手上的八張牌全部換過來！」

黑修女沒想到她有這樣的要求，她立即看了綠修女一眼。

因為，真正主持整個遊戲的人是她！

「妳的很麻煩呢！」綠修女摸摸自己的光頭：「我不同意妳的要求，我選的牌就是我想要的！」

「不，太不公平了。」靈靈搖頭，她不是跟綠修女，而是對著室內的鏡頭說：「綠修女是你們的人，你們可以互相『通水』，這樣我們就沒法贏了，這樣對在『下注』的人公平嗎？」

下注的人……

靈靈已經知道他們一直在直播，那群在背後看著別人死的人，一直在賭她們的生命！

「我和靜香想把全部人都拯救出來！而綠修女反而更想她們被浸死，問題是她卻在我們的一方，這樣不是很不公平嗎？她可以跟黑修女合作，然後讓我們全部輸掉，這樣必輸的賭局，你們真的喜歡下注嗎？」

「我沒有出千！」綠修女帶點憤怒地說。

「誰知道呢？」靜香說：「你們都是『自己人』，誰會相信你！」

風向轉變了，一直以來綠修女都像在控制一切，現在反過來，她被當成一位「不公正」的主持！

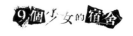

綠修女最怕的不是靈霾她們，而是女神父。如果靈霾破壞了整個遊戲，除了不能當上總管，她甚至會……比死更難受！

在天台的女神父的房間內。

「這個叫許靈霾的女生，真有趣呢。」她喝了一口紅酒：「她說得沒錯，如果遊戲不公正，場外的投注必定會大跌。就依她的說話去做吧，公平的遊戲。」

「知道，女神父。」黃修女呂守珠說：「我通知綠修女。」

女神父露出奸險的笑容。

《世界的規則，公正是由有利的一方來定義。》

Chapter #13 - Save #3

拯救遊戲3

綠修女收到黃修女的通知，她要退出許靈霾的組別，不能干涉他們出牌。

「這樣就公平了嗎？」綠修女的光頭流下了汗水：「遊戲現在開始！」

「不！還未可以！」靈霾再次阻止了她。

「妳這個賤人，又想怎樣？！」綠修女已經不能控制自己的憤怒情緒破口大罵。

「時間已經不多，我們不想一局一局比賽，我想一次過把六局牌放出來對戰！」靈霾說：「還有，每一局必須至少出一張牌！」

她提出「每一局必須出一張牌」的原因，就是不能讓對方任何一局放棄出牌，然後把牌合起來一起打出。

許靈霾希望六局都能夠贏出！不想讓任何一個人死去！

「去你的臭婊子！現在是妳做主持嗎？規則是由妳決定嗎？」綠修女更加憤怒。

「如果妳們不同意，我們不會玩這個遊戲！」靈霾非常認真地說。

「妳想她們六個一起死去嗎？」綠修女拍著大魚缸。

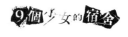

水已經來到了她們的大腿！

「對！」靈靈堅定地說：「就看看她們的死重要？還是沒有遊戲，沒有投注比較重要？」

靈靈利用「她們要賺錢」反過來去威脅她！

這麼多年來，沒有幾個人敢反過來威脅今貝女子宿舍的主持，這反而讓女神父非常……高興！

她一直在等一個像許靈靈的人出現，像小說的主角一樣，對抗她們！這樣，未來的遊戲會變得……「更加好玩」！

綠修女接收到黃修女的消息……

女神父全部答應！

一場「賭局」，如果是一面倒，莊家不會賺到最多錢；反而勢均力敵，才是最賺錢的賭局，無論是賠率或是投注額，都會變得非常高。

女神父當然知道這一點。

「金慧希。」靈靈看著她說：「我不知道妳怎樣想，我也知道妳不想救她們，不過，我會把這次遊戲賺到的錢分一半給妳，妳把牌都父給我，只需要坐在一邊，看到完結為止就可以。」

「好，就這樣決定。」金慧希說。

她根本不在乎那六個人的死活，她只想快點完結。

「現在遊戲開始。」黑修女看了綠修女一眼。

靈靈拿起了黑修女前方的牌：「剛才我說過要妳的牌。」

「等等，我們會重新發牌。」黑修女說。

「不用了，沒時間，現在立即開始！」靈靈說。

「妳怕什麼？不會是做了什麼手腳吧？」靜香說：「大家也不知道是什麼牌，機會率不也是一樣嗎？為什麼要重發？」

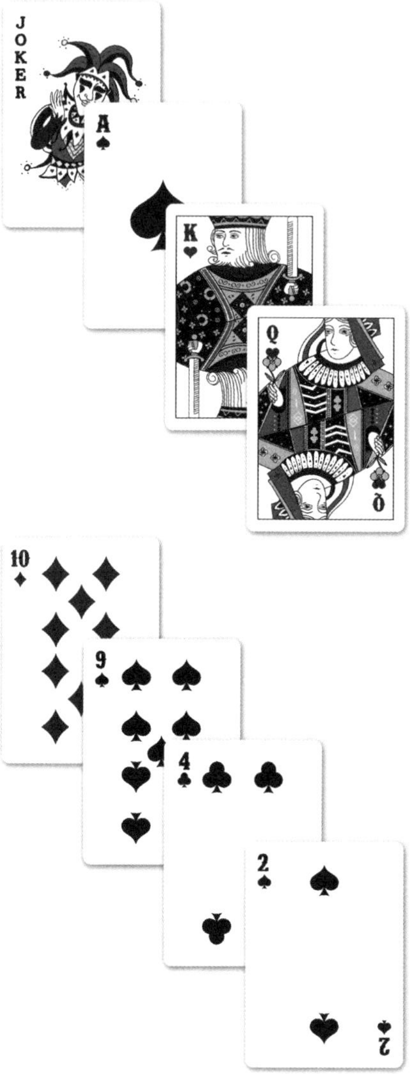

她們已經不等黑修女回答，看著手上的牌。

Joker、A、K、Q、10、9、4、2，一共八張牌。

靈霾與靜香微笑了。

這手牌至少有七成以上的勝算！很明顯那個黑修女的確是做了什麼手腳！

為什麼黑修女不抽出十成勝算的牌？不，她當然不會做到「完勝」對手的情況，這樣才會顯得更「公平」。

綠修女一直安排的把戲，現在反而落在靈霾與靜香手中了！

不過，這次靈霾與靜香卻需要「完勝」才可以救出全部六個女生！

現在的遊戲規則已修改，出現在大螢光幕中。

修改如下：

一、每局至少出一張牌；

二、雙方先要放出六局的牌，而不是一局一局放出。

「遊……遊戲開始！」黑修女有點不情願地說。

《互相猜忌的心理，是最好玩的遊戲。》

拯救遊戲4

Chapter #13 - Save #4

她們兩人在桌子前排著六局的牌，金慧希坐回沙發上，她根本一點都不關心，而綠修女已經被定為「莊家」一方，他回到黑修女那邊。

綠修女看著手上的八張牌，表情完全扭曲，一看就知道，她這手牌不會好到那裡。

靈霾與靜香在排著手上的牌，雙方之間有一塊板分隔著，沒法看到對方放出的牌。

她們手上有Joker、A、K、Q、10、9、4、2，因為打和都等於「拯救」，現在最安全地把六個人全部救出來的方法是……

Joker一局、A一局、K一局、Q一局、10＋2＝12一局、9＋4＝13一局。

15、14、13、12、12、13，一共六局，最少一局也有12點，是最安全的排法。

靈霾看著綠修女她們。

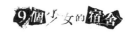

真的可以就這樣贏出嗎？

因為她不知道對手的牌是什麼，例如對手把10＋6一起出牌，那靈霾他們就不能完全贏

出，同時代表了，其中一位女生會死。

靜香的汗水流下，她看著大魚缸的水已經來到她們的腰間，心跳不斷加速！

「讓我來！」綠修女把黑修女手上的牌搶了過來。

她手上的牌是2、3、3、3、4、6、7、J，最大都只是11點的J，而其中的2跟3，都是她叫黑修女把細牌派給她們，沒想到最後會回到自己手裡。

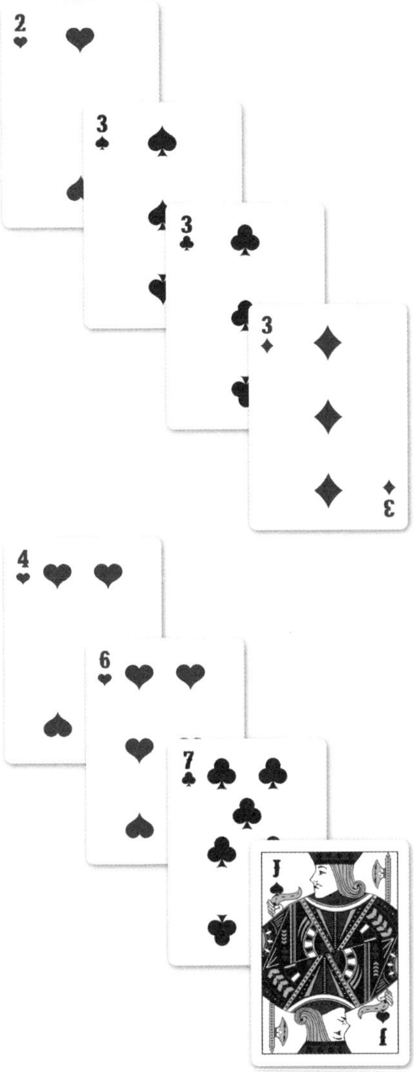

很明顯，綠修女根本沒可能「全勝」，不過，她至少有機會去殺死……「一個人」。

只要她把7+J一起出牌，一共18點，她很大機會可以拿下這一局。

當然，她完全知道靈霾她們手上的是什麼牌！

長桌中間的木板，就是用來隔開她們，不能讓對方知道自己在該局中是出一張牌，還是兩張牌。

「我們就用最少12點的方法，平均每一局？」靜香問。

靈霾沒有立即這樣排出Joker、A、K、Q、10+2=12、9+4=13的牌局。

為什麼？

因為她也想到對方以「至少拿下一局」的想法去排牌！

最大的Joker只有15點，不夠安全，她要把Joker一局的點數變得更大才可以，比如Joker加最少的2或是4。

當然，這樣9與10那局會有危險，不過她看到剛才綠修女的表情，可以知道她的牌絕對不會太大，而9與10也有多於一半的單張牌；對方只要是出1至9其中一張牌，她們還是可以勝出。

還有一點非常非常重要，因為綠修女是主持整個遊戲的人，她絕對不會想「立即贏出」，她會把最關鍵的一局放在最後，這樣，整個遊戲才會夠精彩。

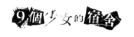

她一定會這樣想。

因為靈霾修改了規則，大大刺激了投注額，場外的投注額大增，而且不再是一面倒買主辦單位贏出。當然，「觀眾」暫時都不知道雙方手上拿著什麼牌。

女神父採用靈霾的「新規則」是明智的選擇。

靈霾終於排出了六局的牌型。

第一局9、第二局K、第三局10、第四局Q、第五局A＋2＝16、第六局Joker＋4＝19。

「為什麼要這樣排？」靜香問。

「因為我覺得她們會在『最後』至少拿下一局，這樣才會讓遊戲更精彩。」靈霾說：「不過，我們卻要六局連勝才叫真正的勝出。」

她的確說得沒錯，雖然她的牌都很大，不過她要把六局都贏回來，救出魚缸中的六人，才是真正的「勝利」。

「好了，如果雙方也排好，現在可以出牌。」黑修女說：「第一局開始。」

《如想旗開得勝，先要步步為營。》

拯救遊戲5

Chapter #13 - Save #5

靜香出牌。

綠修女出牌。

「請打開。」黑修女說。

靜香出的牌是9，而綠修女出的牌是……2。

「好呀！贏了！」靜香高興地說。

靈靈奸笑了。

她的想法不會有錯，2是最細的牌，應該會跟其他牌一起出才對，不過綠修女選擇只出一張2，這代表……「她在放棄前面的牌局」。

「妳們成功救出一位住宿者。」黑修女說。

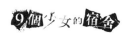

「我們要救……」靜香說。

「等等，完成六局後才一次過說出來，我們一次過放人。」綠修女說：「妳們可以修改規則，我也要修改！」

靈靈看著大魚缸的水位已經來到她們的胸前，現在不用一局一局選牌，應該還有足夠的時間拯救全部六個人。

「靈靈、靜香，我相信妳們！繼續吧！」

一把聲音從大魚缸傳來，她是……黎奕希！

奕希是六個女生中跟她們最好的朋友，她知道靈靈與靜香會首先救她。現在奕希這樣說，是給她們兩人信心，相信她們！

「好。」靈靈看著綠修女說：「快繼續！」

「第二局開始。」黑修女說。

「等等。」綠修女說：「我想換一下牌。」

「這樣不就是跟之前一樣嗎？不是說過一次過開牌嗎？」靜香說。

「我只是換一張牌為什麼不行？妳們不是說過，大家也不知道對方的牌，我換牌又有什麼問題？」綠修女說：「而且也不花多少時間，我已經換好了，可以開始。」

「靜香，沒問題的。」靈靈冷靜地說：「給她換吧。」

因為剛才9是她們牌型中最細的，她們也贏出了，靈靈對她自己的「想法」更加有信心。

靜香出牌。

綠修女出牌。

「請打開。」黑修女說。

靜香出的牌是K＝13，而綠修女出的牌是……3。

「妳們成功救出兩位住宿者。」黑修女說。

「好！」靜香大叫。

「嘿嘿，妳們出K這麼大嗎？妳們以為我輸了一局就想贏回來？」綠修女說：「太天真了！」

靈霾的確有想過這個「假設」，她在想，自己好像浪費了一隻代表13點的K去贏一隻3。

「快！第三局快開始！」靜香說。

第三局馬上開始。

靜香出牌。

綠修女出牌。

「請打開。」黑修女說。

靜香出的牌是10，而綠修女出的牌是……3。

「妳們成功救出三位住宿者。」黑修女說。

「又贏一局！」

第四局開始。

靜香出牌。

綠修女出牌。

「請打開。」黑修女說。

靜香出的牌是Q，而綠修女出的牌是……3。

「妳們成功救出四位住宿者。」黑修女說。

「全勝！」靜香氣勢高昂：「妳們的牌都很細呢，我們一定可以六局全拿下來！」

現在，綠修女餘下4、6、7、J，而靈霾她們是2、4、A、Joker。

靈霾沒有估錯，綠修女要拼最後一局，才會把「出兩張牌」的策略，留到最後！

《如果想控制一個人？先要走入那個人的思維。》

Chapter #13 - Save #6

拯救遊戲 6

還有兩個人未被拯救。

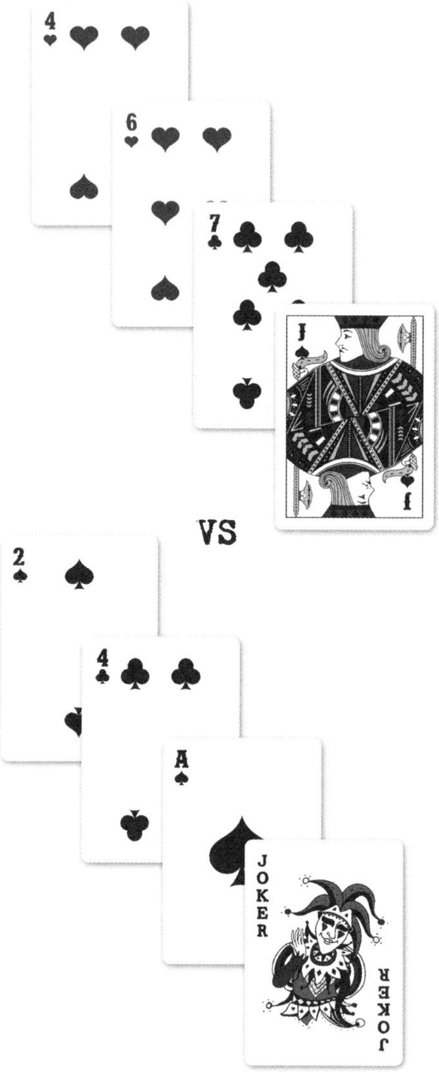

現在綠修女手上持有4、6、7、J，四張牌，如果她要贏至少一局，當然會把「最大的兩張牌」加起來出，即是7＋J，一共18點。她會先出4＋6，然後出7＋J贏出最後一局！

而靈霾與靜香手上持有2、4、A、Joker，四張牌，她們放在桌上的牌是A＋2與Joker＋4，最後一局Joker＋4一共19點。

如果最後一局是19點，而綠修女是7＋J的18點，靈霾與靜香就會贏出，成功把六個女生全部拯救出來！

水位已經來到她們的頸了，很快六個女生的雙腳都不能再著地！

「第五局開始。」黑修女說。

靈霾看著綠修女，她的表情……奇怪地……

非常非常的奇怪……

她的面上流露出滿滿的自信！自信是從何而來？！

靈霾感覺不妙！

「等等！」靈霾大叫。

「妳又想怎樣了？」綠修女說：「妳不想快點救出她們嗎？」

「發生什麼事？」靜香在她的耳邊問。

「好像……有什麼不對勁……」靈靈說：「我猜她們已經知道我們全部的牌是什麼牌，現在我們可以組成最大的19點，已經可以勝出整個遊戲，不是這樣嗎？綠修女應該是知道的！但她不自覺流露出自信笑容，她何來的自信？」

「的確是，不過如果她們也有這張牌呢？」靜香點著Joker：「這樣我們未必可以贏到她們！」

「不，她不會有這張牌。」靈靈說：「她手上的牌是……4、6、7、J。」

靜香非常驚訝：「妳怎知道的？！」

「因為我在最初抽牌時，已經看了我跟妳抽的四張牌。」靈靈輕聲在她耳邊說。

「什麼？！」

靜香想起了抽牌時，靈靈把她抽出的兩張牌拿了過來，然後把四張牌都放在桌面上，當時靈靈已經偷偷地看了這四張是什麼牌，就是現在綠修女手上的4、6、7、J！

綠修女在前四局也沒有打出這四張牌，因為這四張牌已經是她手上最大的牌。

因為她沒有打出，所以靈靈知道綠修女手上就是這四張！最大的組合7＋J，也只有18點！

假設，綠修女也知道靈靈她們手上有什麼牌，她就會知道靈靈最大的是Joker＋4＝19點，這樣，靈靈就可以拯救全部六個女生……

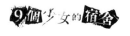

如果是這樣，綠修女一局也沒法贏出！一定會輸！

但為什麼她會流露出這個自信的表情？

她是在演戲？

靈霾回憶整個遊戲……

她們換了牌？

不，不可能，像靈霾一樣偷看已經非常困難，更何況在眾目睽睽之下換牌？直播中有幾百甚至幾千對眼睛看著她們，她們不可能換牌！

水位已經上到她們的頭頂，她們開始浮起！

「我……我不懂游水！」蔡天瑜大叫。

「捉住我！別怕！」吳可戀說：「別要緊張，會浮起來的！」

不懂游水的人捉住懂游水的，她們曾經鬥過妳死我活，現在卻互相幫助。或者，人性的確是可怕與黑暗的，不過，還是有一點的光明。

「靈霾……靜香……」奕希喝了一口水：「快點！快點！」

「靈霾沒時間了！」靜香大叫。

「等等……等等……」靈霾還未想通綠修女的自信從何而來。

她的一個決定，可能會害死一個人！她不能草率決定！

她回想起綠修女在第二局說「換牌」……

當時，綠修女手上要打出的牌是「3」，她手上三張都是「3」。

3換3？

她為什麼叫換牌？！

《善良的人，都總是覺得拒絕別人就像是自己做錯。》

Chapter #13 - Save #7
拯救遊戲7

假如，綠修女最後一定會留下最大的四張牌4、6、7、J，她就會在前四局打出2、3、3、3這四張牌，她在第一局打出了2，然後在第二局叫換牌，她換什麼牌？她手上的都是3，為什麼要換牌？換來換去也是3吧，不是嗎？

「啊……」

等等……她不是真正想「換牌」……她是在暗地裡提示……

「**遊戲中可以換牌**」！

為什麼她要給靈霾她們這個提示？

靈霾終於想到了！她跟綠修女說。

「妳……是想我換牌嗎？」

綠修女收起了自信的笑容。

現在綠修女可以出的牌型是——

一、第五局 4＋6＝10，第六局 J＋7＝18；二、第五局 4＋7＝11，第六局 J＋6＝17；三、第五局 4＋J＝15，第六局 6＋7＝13。

第二種方法，第五、第六局牌的相反——

一、第五局 J＋7＝18，第六局 4＋6＝10；二、第五局 J＋6＝17，第六局 4＋7＝11；三、第五局 6＋7＝13，第六局 4＋J＝15。

而靈霾可以出的牌型是——

一、第五局 A＋2＝16，第六局 Joker＋4＝19；二、第五局 A＋4＝18，第六局 Joker＋2＝17；三、第六局 A＋Joker＝29，第六局 4＋2＝6。

第二種方法，第五第六局牌相反——

一、第五局 Joker＋4＝19，第六局 A＋2＝16；二、第五局 Joker＋2＝17，第六局 A＋4＝18；三、第五局 4＋2＝6，第六局 A＋Joker＝29。

因為靈霾「必須」贏出全部局數，所以她不可能有2＋4或4＋2的合併出牌，因為6點必定輸。

只餘下A＋2＝16、Joker＋4＝19、A＋4＝18、Joker＋2＝17，這四個組合。

不會有錯，綠修女手上的牌，一位會放出「最大化」的J＋7合共18點，才「有機會」贏出一局遊戲，因為18點可以贏靈霾的A＋2＝16與Joker＋2＝17。

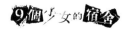

這代表了綠修女必定是出4＋6＝10與J＋7＝18這個組合。

問題是……她會在第五局出？還是第六局出？

現在，靈霾排出來第五局的組合是A＋2＝16點，而最後一局是Joker＋4＝19點。

如果她這樣出牌，就可以勝出最後兩局嗎？

不，不一定100%贏出，因為……

如果綠修女把J＋7＝18的組合放在第五局，而不是放在最後一局第六局，她就可以在第五局勝出，至少拿走一局！

至少可以殺死一人！

「妳……是想我換牌嗎？」靈霾再問一次。

「我不知道妳在說什麼！」綠修女說。

「妳是想我把第六局的Joker＋4，19點換到第五局嗎？」

靈霾直接把手上的牌打開給綠修女看！

也沒所謂了，因為靈霾已經知道綠修女一開始就知道她們手上有什麼牌。

靈霾最初認為，綠修女因為需要「戲劇性」效果，會在最後一局去解決自己，不過，她出了「口術」，讓靈霾想到可以換牌。

綠修女不會想到靈霾想到她的「換牌」意思？

當然知道，綠修女有心給靈霾訊息可以換牌，靈霾就會換牌嗎？

錯了，靈霾才不會換？

又錯了。

綠修女的思考的邏輯——

一、綠修女本來就是想靈霾想到可以換牌；

二、靈霾知道綠修女給她訊息可以換牌；

三、靈霾當然不會換牌，怎可能相信對方？

四、靈霾不換牌；

五、綠修女勝出。

不過，靈霾已經揭穿了她的「詭計」，最後的結果又會是這樣嗎？

「第五局，開始！」

《在最複雜的邏輯之中，找出勝利的方法。》

Chapter #13 - Save #8
拯救遊戲 8

雙方也在自己的四張牌中重新拿出兩張牌。

因為靈霾已經識破了綠修女「詭計」，她知道最重要的不是最後一局，而是第五局！

綠修女會把J＋7＝18點放在第五局出牌嗎？

靈霾會把Joker＋4＝19點在第五局出牌嗎？

本來只有靈霾在思考，現在因為她已經揭穿了綠修女的想法，所以輪到綠修女也要重新思考。

綠修女在想，如果靈霾已經知道她的想法，大可不用說出來，然後用「換牌」來獲勝，不是嗎？為什麼靈霾要對她說已經揭穿她的計劃？

靈霾的思考的邏輯——

一、靈霾知道綠修女給她訊息可以換牌；

二、靈霾當然不會換牌，怎可能相信對方？

三、靈霾不換牌，並且說出自己已經揭穿對方的計劃；

四、本來靈霾不換牌，綠修女勝出；

五、但其實最後靈霾換牌，綠修女輸掉；

六、問題是，反過來，綠修女已經知道靈霾的計劃；

七、靈霾在欺騙她，最後會選擇不換牌；

八、靈霾勝出。

綠修女知道靈霾的計劃，這是「計上計」！

「現在……如果大家也準備好，就一起打開手上的牌。」黑修女說。

「等等……」靈霾再次叫停。

「臭婊子，別要再鬧著玩！」綠修女已經氣上心頭。

靈霾停了下來，皺起眉頭。

「靈霾！發生什麼事？！」靜香心急地問。

靈霾在第五局要出的是Joker+ 4 = 19點，即是她決定了把第六局的牌跟第五局的牌交換，先出最大的19點。

因為她已經想到第四步、第五步，綠修女知道自己的計畫是不換牌，所以換牌就會贏出。

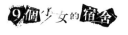

不是這樣嗎？

這場「心理戰遊戲」已經來到最後階段，靈霾知道，如果做錯一個決定，將會有一個人死去！

「好吧。」她在心中跟自己說。

最後，她決定了選擇不再換牌，出牌是Joker+4。

只要綠修女是J+7，靈霾就可以連贏兩局！

「請打開妳們手上的牌。」黑修女說。

靈霾打開手上的牌，是Joker+4，一共19點。

就在同一時間。

「哈哈哈哈！哈哈哈哈！哈哈哈哈！」

綠修女瘋狂大笑！

「妳、輸、了！」

靈霾與靜香呆了一樣看著她……

綠修女打開手上的牌……是4+6一共10點！

即是說，綠修女留下了最大的J＋7＝18點，而靈霾最後兩張牌是A＋2＝16點，第六局將會是綠修女拿、下、最、後、一、局！

「妳不換牌就沒事了吧？」綠修女說：「其實到最後誰也不知道結果，不過，我就是要妳有『踏空』的失敗感覺，才會先出細牌！」

「踏空」。是指股票價值上漲時，投資者因太早拋售而股價卻繼續上漲，這種現象就是「踏空」。

這是綠修女的想法，她要靈霾到最後「後悔」換了牌，才會先出細牌，後出大牌，因為如果靈霾沒有換牌的話，靈霾已經可以贏出了。

靈霾想到了對付綠修女的方法，卻沒想到綠修女的「本性」，沒想到綠修女就是要靈霾……

「**永遠後悔**」！

「第五局結束，而第六局……」黑修女打開雙方桌上最後兩張牌：「第六局由綠修女勝出。」

靈霾沒想到最後會輸，她整個人乏力，坐到地上。

她呆滯地看著大魚缸內，六個女生。

靜香也蹲了下來，擁抱著靈霾：「不是妳的錯，我們已經盡力了！」

「現在，請問要拯救出哪五位住宿者？」黑修女問。

不是六位，而是五位，即是有一個人將會……
死在魚缸之內！！！

《最難計算的，就是人的「本性」。》

Chapter #13 - Save #9

拯救遊戲9

「我……沒法選擇……」靈霾眼神呆滯地說。

「不行！妳們一定要選擇！」綠修女走向她，一手抓住她的臉頰：「不然就六個一起死！」

「靈霾，我們一定要選出五個人！」靜香流下了眼淚：「救出其餘五個人！」

「快決定了，妳看水已經快要升到最高，哈哈！他們沒法走出上方的鐵柵，將會一起……窒息而死！」

在大魚缸內。

她們六個人也聽不到靈霾她們的對話，只看到了大螢光幕中出現了「5Win Vs 1Win」，這代表其中一位女生要死去！

而選擇權就在靈霾與靜香手上！

她們心中只出現四個字……「我不想死」！

水位已經上升到頂部，她們已經可以捉住上方的鐵柵，在鐵柵上方蓋上了厚厚的大玻璃！

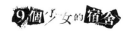

最後可以呼吸氧氣的空間，就只有水平面上半尺的範圍！

就在大魚缸快要全灌滿水的一刻……

她們全部都在水中聽到了一下響聲，同一時間……

大魚缸內出現血紅的血水！

「呀！」

魚缸內的她們瘋狂大叫！

血水從「她」的頸部不斷湧出，她已經沒法呼吸，雙眼瞪得很大很大，看著大魚缸外！

她的頸部被一顆子彈打中！一顆連防彈玻璃都打穿的子彈！

她開始向下沉，同一時間，上方的厚玻璃與鐵柵緩緩地打開，全身染滿血的五位女生，從上方的出口離開，只有「她」慢慢地向下沉……

她沉到魚缸的底部，雙眼還是瞪得很大，她看著魚缸外的人，包括了靈霾與靜香！

她這個兇狠的眼神好像在說……

「**是妳們害死我的！是妳們！**」

血水把整個魚缸也染紅，被救出的五位女生驚魂未定，只能在上方看著染紅的魚缸，在她們的身上，也染上了鮮血，那個人的鮮血！

在外面的靈霾與靜香已經不敢看下去，一起合上眼睛。不過，她們的腦海內卻不斷出現「她」死時那個「是妳們害死我」的眼神！

其實「她」的死根本就不關她們兩個的事，她們已經盡力想把全部人拯救出來，可惜，最後她們也做不到，只能選擇「她」成為……

最後的犧牲者。

或者，「她」死去前，心中出現了最後一句說話……

「為什麼是我？為什麼死的人是我？」

她整個人沉下去，最後，「她」什麼也沒法說，也再沒法聽到任何聲音……

死去了。

在大魚缸外，也沒有任何聲音，只有被特製子彈打穿的魚缸，不斷流出血水的水聲……

水慢慢流到靈霾與靜香腳邊，她們只能緊緊擁抱，什麼也做不到。

九個入住的少女中，已經出現了第二個犧牲者，之後，還有誰會成為下一位？

「拯救遊戲結束，今晚全部遊戲圓滿結束！」綠修女奸笑說：「謝謝妳們的參與！」

《如果，死的人是妳，妳會用憎恨的眼神看著他們嗎？》

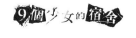

Chapter #13 - Save #10

拯救遊戲10

那年。

荃灣海濱公園的長椅上，一對小情侶正在吃著飯盒。

「畫畫，妳畢業後會做什麼？」他問。

「我會選讀教院，將來我想做個好老師。」她說：「我才不會像Miss Lo一樣這麼討人厭！我一定要做一個好老師！」

「妳真有大志呢。」阿華說。

「你呢？畢業後想做什麼？」程嫜畫問。

「我不是讀書的材料，我不讀了，可能找份地盤散工。」阿華看著程嫜畫飯盒中那塊雞排。

「把一半給你！我也吃不完！」程嫜畫說。

「哈哈！太好了！」阿華高興地說。

女生總是吃不完、男人總是吃不飽，程嬅畫都會把吃不完的食物分給阿華，當時，雖然他們沒有很多錢，不過卻是最快樂的。

人愈大愈多煩惱，我們開始在這個可怕的社會中跌跌碰碰，遇上很多的壞人，遇過太多的欺騙，慢慢地，我們開始明白，如果不想變成被欺騙的人，我們先要學習欺騙別人。

「阿華，我對你這麼好，你也會這樣對我嗎？」程嬅畫說。

「當然！」阿華咬住雞排說：「當我有錢，我一定會養妳！到時妳不用工作的了，幫我照顧三個小孩！」

「為什麼是三個？」

「因為我已經想好了，跟妳生三個，第一個是仔、第二個是女，最尾要一個細仔，這樣就最完美了！」阿華高興地說。

「誰會跟你生三個！」程嬅畫靦腆地說。

「畫畫！」

阿華放下了手中的飯盒，然後把程嬅畫拉過來單手抱著。

「其他男生我不知道，不過，我可以肯定跟妳說，我會一生一世愛妳。」他說。

「口甜舌滑。」程嬅畫甜蜜地依靠在他的肩膊上。

世界上，有幾多承諾到最後都可以兌現？

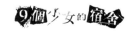

妳又聽過幾多次「我會一世愛妳」？

你又說過幾多次「我會一世愛妳」？

很多人都以為一生一世是很平淡的，其實，在「一生一世」的過程中，需要經歷無數的痛楚與考驗，才可以到達終點。

而有更多人，根本不能到達終點，在人生的旅途中已經選擇放棄與離開。

包括這一對小情侶。

他們甚至不會相信，在未來的日子，會以「這樣」的方式結束。

如果把每一段關係、每一對情侶，最初的一小時與最後的一小時，剪接成兩小時的影片，或者，這套電影會是一套「悲劇」。

他們一起看著海濱公園對出的夕陽，如果從他們背後拍一張相片，將會變成一張如詩如畫又浪漫的相片。

可惜，來到最後，他們在對方的背後⋯⋯互相捅了一刀。

「阿華，如果有天我愛上了別人，你會怎樣？」程嬅畫問。

「女生都喜歡這麼多『如果』的嗎？」阿華笑說：「我會拿著斧頭斬死妳！」

「什麼？」程嬅說。

「哈哈！只是說笑！唔……」阿華想了想再回答：「我會把斧頭給你，妳就用它來斬死我吧，因為我已經……心如刀割。」

「我才不會呢，我會……」

阿華不讓她說下去，吻在她櫻紅的嘴唇上。

《愛一個人是快樂的，但同時會變得很容易痛苦。》

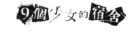

OUT

Chapter #13 - Save #11

拯救遊戲 11

拯救遊戲完結後。

她們各自被安排回到自己的房間，全部被浸在水中的女生，第一件要做的事，就是……洗澡。

2/F，三號房間內。

「嗚嗚嗚……」

余月晨坐在花灑下，抱著自己的雙腿在哭。

她的人生中，第一次看著有人死在自己的眼前，更正確的說，她第一次看到這麼多人死在自己的眼前，她開始後悔，為什麼要入住這所女子宿舍。

她已經辭去了上市公司私人秘書的工作，本來，她想在遊戲中賺到足夠的錢，自己開一間韓國食品代購公司，因為她很喜歡吃韓國菜。

現在，她只想快點離開這所女子宿舍。

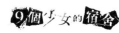

……

…

.

2/F，一號房間內。

吳可戀看著鏡子中赤裸的自己。

她很想堅強地跟自己說一句「不要怕」，可惜，每當她想起死亡的畫面，當她想到那個討厭的女上司死在她眼前時，她不禁想吐，她沒法跟自己說「不要怕」。

還有她最尊敬的爸爸與鈴木詩織，如果鈴木詩織把她跟父親上床的事公開，她也不知道如何面對。

她看著鏡子中全身濕透的自己，眼中泛起了淚光。

……

…

.

3/F，八號房間內。

「沒事的……不會有事……」

蔡天瑜用花灑沖洗身上的血水，還有殘餘下來的血腥味，水流過她豐滿雪白的身體，落到地上的去水位。

同時，她不斷跟自己說「不會有事」。

她在心中跟自己說，曾經在萬聖節替別人化過更恐怖的妝吧，現在才不是最恐怖的，才不是，她不會被嚇到的。

「不會有事的……不會有事的……」

她看著自己的手，還在震……

……

……

．

3/F，四號房間內。

黎奕希全裸坐在洗手盤旁邊的位置，她髮尾的水，滴在大腿上。

她想起了車房老闆慘死，還有其他死去的人，她完全沒法阻止他們的樣子出現在腦海中。

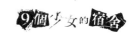

「下一個……會輪到我嗎？」

黎奕希看著自己手上的血跡，她知道自己不能軟弱，因為剛才有兩位朋友很努力地想拯救自己，她也要在她們需要幫助的時間，幫助她們！

她握緊了拳頭。

……

……

…

3/F，九號房間內。

「呀！！！！！」

鈴木詩織在浴室中大叫，她在發洩著自己憤怒的情緒，雖然性騷擾她的叔叔已經死去，不過她還是非常的生氣，除了是在遊戲中輸掉而且被教訓，她還覺得自己沒法控制自己的命運，她對此非常生氣！

「我一定要贏！我要一直贏下去！」

她看著鏡子中的自己，她擠出了一個笑容，一個自信，不會再次輸給任何人的笑容。

《別要把錯誤推在自己身上，有些人根本不值得被原諒。》

Chapter #13 - Save #12

拯救遊戲12

天台，女神父的房間。

綠修女被叫到女神父的房間，綠修女非常高興，因為在拯救遊戲之中，綠修女得到最後的勝利，女神父一定會讚賞她。

她打開了大門，除了女神父，黃修女與紅修女都在她的左右。

「女神父妳好。」綠修女向她請安。

「綠修女妳今天主持的遊戲表現得不錯。」女神父說。

「都是多得妳一直以來的提攜與教導！」綠修女謙虛地說。

「不，是妳努力爭取回來的。」女神父說。

「希望……希望我未來會有更多的機會主持遊戲！」綠修女說。

「沒有了。」女神父說。

「什麼？」綠修女非常驚訝，抬起頭看著她。

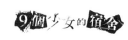

就在她抬起頭之際，一支弩箭穿過她的喉嚨，血水從她的頸部噴射而出！

她看到……紅修女手上拿著一把弩！

「為……什……麼……」

就算她非常痛苦也好，還是吐出了這三個字，她很想知道自己錯在哪裡？

她做錯了什麼？！

她為什麼要死？！

「最後的拯救遊戲，本來要殺兩至三個人，妳竟然只殺死一個人就沾沾自喜？」女神父從座位上站起來，走向她。

「我……」

女神父露出一個面目猙獰的表情：「沒有把妳虐待至死已經是對妳最好的懲罰。」

她摸著綠修女的臉頰，綠修女的眼淚流下。

然後，女神父捏著她的頸，其中一根手指……插入她喉嚨的傷口中，綠修女痛苦地大叫！

瘋狂大叫！

黃修女沒法再正面看下去，而紅修女卻滿足地微笑。

女神父把手指拔出，然後把手指放入了自己的嘴巴中。

「其他的修女，記得別要像她一樣，再讓我失望！」

「知道！」

……

‥

．

2/F，五號房間。

許靈霾與趙靜香一起泡在浴缸之中。

「靈霾……」靜香看著一直沒有說話的她。

「最後……我也輸了……」靈霾自責地說。

「不是妳的錯！我們已經救到五個人！」靜香鼓勵她，同時給自己打氣。

「為什麼要死的人是程嬅畫？而不是……我？」靈霾的眼淚流下。

她沒有大聲的哭泣，只是沒有表情地流下眼淚，這一種哭泣，最痛苦。

靜香明白她的心情，因為在上次的遊戲中，靜香也沒有代替馬鐵玲斬下一隻手。

在遊戲完結後，她們兩個人都沒法選擇要犧牲那一位女生，最後，是由金慧希選出了程嬅畫。當然，她也沒有指定是誰，都是隨機選一位而已。

「之後……會變成怎樣？我們需要互相廝殺下去？」靈霾說。

「我也……不知道。」靜香也流下了眼淚：「我們報警吧！就算最後我們要承擔責任也沒法！再這樣下去，會愈來愈多人死去！」

的確，再發展下去，她們只會繼續成為今貝女子宿舍的棋子，而且愈來愈多人會在遊戲中犧牲。

而她們最不願意面對的，是要對付自己的朋友。

在今貝女子宿舍中，認識的朋友。

靈霾看著靜香。

突然！

「靈霾……」靜香摸摸的額頭：「妳覺不覺得……有點頭暈……」

「對……好像……」靈霾也感覺到：「為什……」

她們的視野開始模糊，靈霾看著泡浴中的水，有一點點呈粉紅色……

「是……水……」

這是她昏迷前最後一句說話。

《一世的內疚，最不能接受。》

GALLICA
Poro-Juliana
ITALIC
HISPANICA
Padre nuestro
que estas en los
cielos. Sanctifi-
cado sea el tu
Nombre
Majorca
Corsica
Sardinia
MARE
Island
Thulæ I.
Gothica
EVROPA
POLY GLOTTA
Linguarum Genealogiam exhibens, una cum Literis, scribendiqs modis, Omnium Gentium
Picto Scotica

Chapter #14

遺忘之島

Lethe Island

Chapter #14 - Lethe Island #1

遺忘之島 1

今貝女子宿舍 4/F，工作人員的樓層。

一間全粉色的大房間內，放滿了少女風格的佈置與擺設，房間內，溫度保持在二十五度，非常舒適。

房間的中央放著七張公主床。

一號吳可戀、三號余月晨、四號黎奕希、五號許靈霾、六號趙靜香、八號蔡天瑜、九號鈴木詩織，七個全裸的女生，排成一行躺在七張床上。

兩位黑修女正在替昏迷的她們化妝。

「少女的胴體，真的是世界上最漂亮的東西。」女神父在她們身邊走過，摸著她們的身體：「替她們化美一點，知道嗎？」

「知道。」黑修女說。

「女神父，已經準備好，明天早上可以出發。」白修女說。

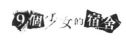

「很好。」女神父看著她們：「本來想五個人去的，沒想到最後會餘下七個。」

她還在怪責已經被她殺死的綠修女。

「不過，算了，也沒有人數限制。」女神父說：「黃修女呢？」

「她已經在飛機上準備。」白修女說：「女神父，妳可以先沐浴更衣，我們會準備好一切。」

「嗯。」

她看著七個女生，究竟女神父有什麼計劃？她們七個人會有什麼下場？

「準備最好看的衣服給她們，我要她們穿得最漂亮，不要失禮我，知道嗎？」女神女說。

「知道，女神父。」另一位黑修女說。

女神父離開了這間少女房間，然後，她來到了三樓。入住的女生不是已經不在房間內嗎？她來三樓又做什麼？

她慢慢向著走廊最深處走去，直至她來到了……十號房間。

曾經，吳可戀來過十號房間，她嗅到從浴室傳來強烈的膠水味道，其實那些不是「膠水」，而是混合甲醛，而膠水含有大量的甲醛，所以她以為是「膠水味」。

為什麼會有甲醛的氣味？

因為，甲醛是「螺旋」(Spiral) 其中一樣非常重要的成份。

「螺旋」，就是早前注入被殺的人身體的藥，「螺旋」會破壞腦部的中樞神經系統，改變人類的精神狀態。注入了這種病毒，不會完全讓人喪失理智，但令人變得非常嗜血，會做出不可想像的攻擊行為，甚至是撕咬他人、分屍等，也不會被深刻在人類腦海的道德觀影響。

為了生存、鮮血及金錢，「螺旋」把人類的道德觀完全瓦解。

「螺旋」也是今貝女子宿舍投資生物科技研究所研發的其中一種藥。

而在十號房間的浴室內，正是一個小小的「實驗室」，而房間的確是住了一個人。

「藥師，是我。」女神父走入了十號房間，敲著浴室的門。

浴室的門緩緩打開，那一陣強烈的膠水味湧出。

「女神父你好。」一個頭髮稀少，像巫婆一樣的女人說。

她沒有真正的名字，大家都叫她做「藥師」。

藥師就是十號房間的真正主人，不過，她很少在房間之內，她都是躲在浴室內，這裡是她的實驗室。

浴室內放滿了各種實驗室用具，還有不同的動物實驗品，就如那些瘋狂科學家的實驗室一樣。

「『螺旋』的改良版，現在的進度如何？」女神父問。

「請女神父放心，一切進行順利，已經在『男性』人體測試，而且非常成功。」藥師說：

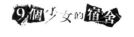

「在之後的『遊戲』中會大派用場。」

「嗯。」女神父看著實驗室內說：「辛苦妳了。」

實驗室內還有幾具已經腐爛的人類屍體，其中一具是剛死去的……程嬅畫。

「我會在妳們出發之後，立即出發。」藥師說：「還有我們生物科技研究所的人員，已經到了目的地，準備就緒。」

「很好，到時就交給妳和研究人員了。」

藥師給女神父一個尊敬的鞠躬。

她們要離開今貝女子宿舍？究竟會去那裡？

《最醜惡的是，人類用其他動物去進行實驗，卻是為了人類。》

Chapter #14 - Lethe Island #2

遺忘之島2

八小時後。

黎奕希第一個從昏迷中醒來。

「發生……發生什麼事？」她看著自己只穿上了內衣：「這裡是……」

她看著身邊其他六個未清醒的女生。

「我最後的記憶……是在浴室……」奕希想起來了：「我昏迷了！」

「叮！我們即將於三十分鐘後降落。」

傳來了廣播的聲音。

奕希才驚覺，看著四周的環境，她現時在一架私人飛機之中！

她走到了飛機窗前看著窗外的景色，她只能看到雲層與海洋。

奕希立即叫醒身邊的許靈霾與趙靜香。

「發……發生什麼事？」趙靜香矇矇矓矓地說。

「我們……我們在浴室昏迷了……」許靈霾搖搖自己的頭：「然後……」

「我們的衣服呢？」趙靜香用被包著只穿著內衣的身體：「發生了什麼事？」

再次傳來了廣播。

「已經醒來的住宿者，請到服裝間挑選你們的衣服，飛機會在二十九分鐘後降落。」

「飛機？」靜香看著四周的環境：「奕希，為什麼我們會在這裡？」

「我才比妳早一點醒來，我也不知道發生什麼事！」奕希說。

「這是什麼？」靜香拿起了頸上的頸鏈，頸鏈上寫著「G-Dorm」。

她看看靈霾與奕希頸上也有相同的頸鏈。

「我們先叫醒其他人再說吧。」靈霾走下了床：「我想是宿舍的……新遊戲。」

她們三人叫醒了其他四個女生。

在服裝間內，她們穿上了衣服，衣服都是清一色的白色、米白色，素色的衣服。

「我不想再這樣下去……」蔡天瑜的眼淚在眼眶中打轉：「我不想要錢了，我想離開……」

在場的女生也一起看著她。

大家心中也有這樣的想法，她們從來沒想過，會因為自己的貪婪，讓其他人死去。當然，也不是每一個人都是這樣想。

「我才沒有想過要退出，妳死妳事，別要連累我。」鈴木詩織說。

「妳在說什麼？！」余月晨看著這個年紀最輕的女生：「妳才是連累我輸掉了遊戲！」

「沒有我，妳一早已經輸了。」詩織沒有正視她。

「沒有妳我會輸？妳一直在扮純情，我還未說妳有問題！」月晨反駁她。

「妳們別吵了！」吳可戀說：「現在我們的敵人不是在座的人，而是這間宿舍的修女！」

大家也靜了下來，她們都深深明白吳可戀說話的意思，所有的事，都是由宿舍安排。

「叮！」再次傳來廣播：「飛機將於十分鐘後降落，請大家前去頭等機艙，注意安全，請戴好安全帶。」

「現在我們只能跟隨她們的指示。」靈霾說：「我們走吧。」

她們七個女生來到頭等機艙坐下來。

奕希跟靈霾同坐在一排。

「靈霾謝謝妳救了我。」奕希說。

「我沒法拯救全部人……」靈霾帶點傷感地說。

「但至少妳已經盡力了。」奕希說：「別要怪責自己。」

奕希的手疊在她的手背。

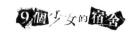

就在此時，椅背的顯示屏幕出現了畫面，畫面上寫著……

「我們即將登陸新的女子宿舍……——遺忘之島。」

《內疚能殺死一個人，後悔也是。》

Chapter #14 - Lethe Island #3

遺忘之島3

釣魚台列嶼。

又名尖閣諸島群，由釣魚台島、黃尾嶼、赤尾嶼、南小島、北小島、沖北岩、沖南岩、飛瀨八座主要的島礁組成，全部島嶼都是無人島。一直以來，中國、台灣、日本之間都有主權的爭議，聲稱釣魚台列嶼為他們的領土。

為什麼各國都要爭奪這些島嶼？

最大的原因，大都是說「軍事價值」，各國也想佔領這些島嶼作為軍事用途，甚至興建軍事基地，釣魚台列嶼成為了兵家必爭之地。

不過，除了八個島以外，還有一個沒人談論的島。

「第九座島」。

在Google地圖中，也沒有這個「第九島」的衛星地圖，因為一直以來，她就像一座被人遺忘了的島一樣，沒有名字，沒有人知道她的存在，雖然都屬釣魚台列嶼，不過，在島群的最外圍，沒有任何的利用價值。

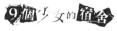

而這個沒名字的島，知情的人都叫她「第九島」，還給她起了一個更貼切的名稱……

「**遺忘之島 (Lethe Island)**」。

「Lethe」，古希臘語 Λήθη，在希臘神話之中為冥界的五條河之一，亡者來到冥界後喝下遺忘的河水，以忘卻塵世間的事，遺忘之島就此而名。

而這個島，被一間世界數一數二的地下財團收購，同時興建了一所世界最大的……宿舍。

現在，這所宿舍成為了一個遊戲的場地，像奧運、世界盃一樣，以每四年舉行一次最大規模的「遊戲」。

同時，成為了四年一次的「最大賭場」。

而主辦單位就是各地的「今貝女子宿舍」，來自各個東亞國家與地區，入住宿舍的女生，將會參加這一場「盛事」。

參與的東亞國家與地區代表包括——中國、日本、南韓、北韓、台灣、香港。

她們會在「遺忘之島」中，進行為期一星期的遊戲，直至最後出現最終的……

「勝利者」。

飛機抵達遺忘之島一小時後。

「已經安排了入住的宿舍？」白修女問。

「對，已經安排好，然後會跟她們說出這次遊戲的事宜。」黃修女說。

「妳是這次遊戲的隊長，妳要努力，知道嗎？」白修女說：「別要像綠修女一樣……」

「我明白的。」黃修女說。

此時，她們房間的大門打開，一個女生走了進來。

「守珠，很久不見了。」她向黃修女打招呼。

「聖語，妳一直沒聯絡我，我還以為妳死了。」黃修女高興地說。

「妳死我也未死！哈！」女生豪氣地說。

這個女生叫何聖語，她是誰？

金慧希是韓國宿舍來香港的交流生，而這位叫何聖語的女生，就是到韓國的香港交流生，她在靈霾她們未入住之前，已經去了韓國的女生宿舍，最重要是她……生存下來了。

「妳們就聚聚舊，我有事要去找女神父。」白修女說。

她離開後，房間內只餘下她們兩人。

「有沒有？」何聖語問。

呂守珠搖搖頭。

「很好。」

她問的是「有沒有偷聽器」。

「其中一個住宿者是我的朋友，她叫趙靜香。」呂守珠說：「我不能讓她有什麼危險。」

「嘿，有點困難。」何聖語說：「我去了韓國的女子宿舍交流，韓國隊不易對付的。」

「我知……」呂守珠說。

「總之，未來的一星期，我們一定要贏出整個遊戲，不然，別想離開這個島。」

還記得最初的「不記名投票」遊戲嗎？那個救了四眼女生的人，帶著棒球帽的女生，就是呂守珠。而那個四眼女生就是許靈霾音訊全無的朋友，雖然她被呂守珠救過一次，可惜在之後的宿舍遊戲中，已經不幸死去。

呂守珠曾說過，她是第二次入住今貝女子宿舍，在前一次的住宿者中，只有兩個人生存下來，一個就是成為了黃修女的呂守珠，而另一個就是何聖語，她被交換到韓國成為了交換生。

現在，因為四年一次的「新宿舍」遊戲，她們再次聚頭。

為什麼呂守珠會選擇繼續入住宿舍？為什麼她要成為修女？她們會有什麼「計劃」？

「現在機會來了。」呂守珠說。

「嗯，希望一切順利。」何聖語說。

她們一起看著窗外這個……遺忘之島。

《就算，是最信任的人，未必，寧願為你犧牲。》

何聖語

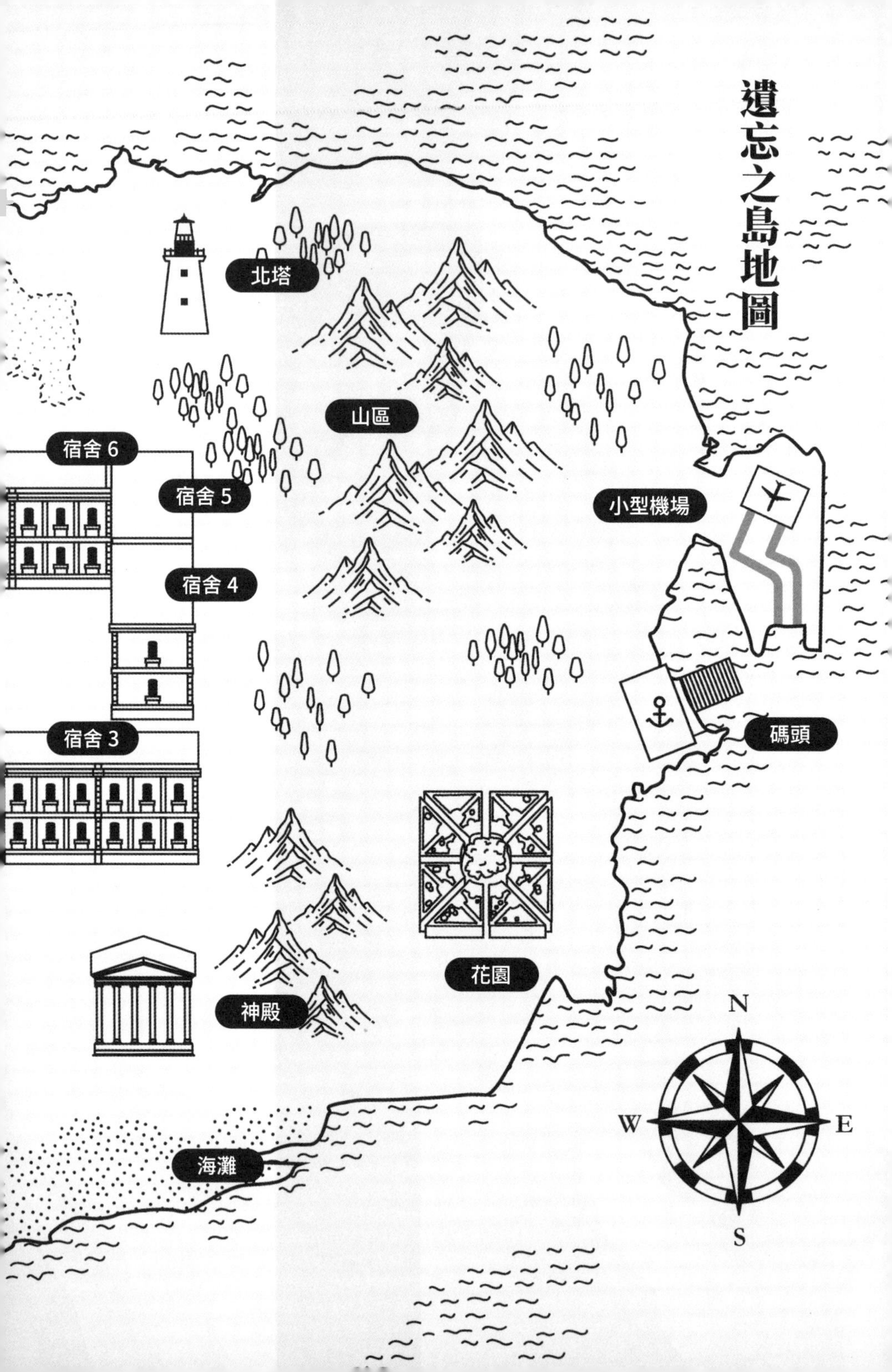
遺忘之島地圖
北塔
山區
宿舍 6
宿舍 5
宿舍 4
宿舍 3
小型機場
碼頭
花園
神殿
海灘
N
W
E
S

沼澤區
發電廠
宿舍 1
神秘遺跡
森林區
宿舍 2
湖區
研究所
不明地帶
洞穴

遺忘之島4

Chapter #14 - Lethe Island #4

國際今貝女子宿舍。

在遺忘之島的中心地區，就是「國際今貝女子宿舍」的位置，宿舍的面積比香港的今貝女子宿舍大十二倍，女生宿舍為三棟建築物，分成為一至六號館，一、二號館雙連，三號館獨立，四、五、六號號館位於東北方，宿舍範圍內還有生物研究中心、員工宿舍與其他不同用途的建築物。

在宿舍的中央，是一片四個球場大小的草地，種植了不同的花卉，還有不同的休憩遊樂設備。

遺忘之島內，劃分了不同的地區，包括了小型機場、碼頭、神殿等等，在島上形成了一個小社區。

香港區的代表，被安排到三號館入住，三號館樓高七層，建築物外型都是長方形，不過內裡的設計卻是錯綜複雜，就如一些大型商場一樣，不熟悉環境會迷路。

每個女生都有獨立的房間，分別於三號館的二樓與三樓，房間比之前的至少大五倍，設備

應有盡有，甚至有健身室、咖啡室與衣帽間等等。她們的私人物件已經一早安排好，全部帶到新宿舍房間之內。

三號館地下。

被帶到遺忘之島的七個女生，已經在等待，她們都知道昏迷後所發生的事，還有被安排到遺忘之島的原因。

她們需要繼續參加「新遊戲」。

呂守珠、何聖語、吳可戀、余月晨、黎奕希、許靈霾、趙靜香、蔡天瑜、鈴木詩織，九個香港的代表，正聚首一堂。

呂守珠脫下了修女袍，跟何聖語來到七個女生集合的大廳。

靜香終於能夠跟守珠見面，她喜極而泣，守珠跟靈霾交談，靈霾終於知道一直在找尋失蹤的朋友林盛子，已經在宿舍的遊戲中死去。

「現在我就是香港代表的隊長，我們將會在島上進行一星期的遊戲。」守珠說。

「我們之後還要玩什麼遊戲？」天瑜問。

「我們也不知道。」聖語說：「不過絕對不是什麼快樂的遊戲，可能會跟其他地區的住宿者對上，我在韓國的女子宿舍差點死去，她們不會是簡單的對手。」

「我們這樣失蹤了，我的家人……」月晨說。

「她們一早已經安排了。」守珠看著她說：「她們已經通知妳們的家人，會跟公司去一星期的旅行之類的藉口。」

「但如果我們不幸死去……」奕希想到這一點。

「更簡單了，就說妳們在海外的交通意外中死去。」聖語說：「還會在妳們的喪禮上做帛金呢。」

「即是說妳們不能不參加之後的遊戲，還要努力地生存下去。」守珠說。

她們靜了下來。

「我不明白。」可戀在懷疑：「妳說自己沒有離開宿舍，還要做修女的工作，為什麼妳們不選擇離開？不是已經賺了很多錢嗎？妳們大可不再留在這鬼宿舍。」

「我也有同樣的質疑。」詩織說：「如果妳們不說清楚，我才不會相信妳們。」

怎說也好，入住宿舍的七位女生，都是在互相猜疑與遊戲中度過每一天，要她們團結，暫時根本沒可能。

呂守珠跟何聖語對望了一眼。

《如存在分歧，怎團結一起？》

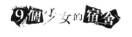

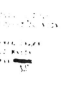

Chapter #14 - Lethe Island #5

遺忘之島 5

「我們想調查今貝女子宿舍背後不為人知的事。」聖語說：「因為我最好的朋友都死在遊戲之中，所以我想找出這宿舍的幕後黑手。」

「我也有同樣的理由。」守珠看著靈霾：「盛子也是我的朋友，她為了我而死，我當時就已經決定了，要當上宿舍的修女，一直留在宿舍把事情查得水落石出。」

林盛子就是靈霾想找的朋友。

靈霾沒有說話，她沒法在上一個遊戲拯救所有人而受到打擊還未消散，靜香看著守珠，然後把手疊在靈霾的手背上安慰她。

「妳說的幕後黑手，不就是那個女神父？」奕希問。

「女神父的確是宿舍最高權力的人，不過，她也只是香港宿舍的主管而已。」守珠說：「在中國、日本、南韓、北韓、台灣的今貝女子宿舍，都有一位女神父，而在她們的上方，有更高權力的人。」

「原來如此。」靜香說：「那妳們即是要對抗宿舍？」

「我想今貝女子宿舍永遠停辦，我不想再有女生因為入宿而喪命。」聖語站了起來：「現在跟妳們說出我們的目的，是希望我們可以……團結起來。」

「這裡沒有任何的偷聽器，我們跟妳們說出秘密，就是想妳們相信我們。」守珠說：「大家都面對過死亡的恐懼，希望妳們明白，敵人從來也不是我們這九個人，而是整個宿舍。」

「要團結我拒絕。」詩織說：「我才不會相信在場的任何一個人。」

「的確，未來如果有什麼遊戲，我們又要互相殘殺，現在說團結一點用也沒有。」月晨說。

「不，我們在這個島上的遊戲不再需要互相殘殺，我們要對付的是其他地區的代表隊，這點我已經可以確定。」守珠說：「如果不是這樣，我和聖語就不會跟妳們說要團結吧。」

「我支持團結！」靜香第一個舉手。

「我也覺得如果要贏出遊戲，我們首先不能是敵人啊！」天瑜看著其他的女生：「鐵玲與嬅畫的死，其實根本不是我們的錯，而且靈霾與靜香在拯救遊戲中也有努力救出我們，我相信她們！」

「暫時我相信妳們的說話。」可戀說：「不過，我不能完全相信在場的其他人。」

詩織曾用可戀的爸爸來威脅她，可戀說的「其他人」就是詩織。

「我也不會相信妳。」詩織也說。

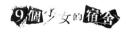

「好了好了。」靈霾終於說話：「私人的事件沒必要在這裡討論，我們九個人最重要是……生存下去，只要生存下去，私事之後再解決也可以。」

她目無表情，走到大家的中間：「如果團結可以增加勝算，為什麼不一起合作？現在最重要的，我只想知道未來的遊戲會是什麼？我們要如何做才可以離開這個鬼地方？」

靈霾簡單地說出了「重點」，大家也接受她的說法。

「是什麼遊戲我也不清楚，不過可以肯定的是……」守珠認真地說：「敵人一定想將我們置諸死地，然後贏出遊戲離開這個島。」

「同時代表了……」聖語握緊拳頭說：「我們也要為了自己的性命，狠心地殺死敵人！」

狠心地殺死敵人？

她們能夠做到嗎？

《如要做好人，先經歷狠心。》

遺忘之島6

晚上。

她們來到遺忘之島後，不能外出，只能在宿舍三號館範圍內走動。

可戀與月晨來到了宿舍四樓的觀景台，可以看到遙遠的大海，因為遺忘之島沒有光害，天上的星星特別光亮。

可戀與月晨在觀景台喝著紅酒。

「沒想到宿舍食堂會有這種一九八二年的波爾多紅酒。」月晨輕輕搖晃酒杯，看著紅酒杯外的風景。

「可能是給我們死前享受一下。」可戀喝了一口。

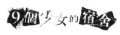

「別要這樣說，我們不會死！」月晨說：「妳相信她們的說話嗎？」

「我不知道。」可戀說：「我只想贏出遊戲，然後離開這個島。」

可戀拿起了寫著「G-Dorm」的頸鏈，鏈墜是一個橢圓形的盒子，不過她沒法打開，守珠說絕對不能把頸鏈拿下來，但她暫時不知道頸鏈的用途。

「但願如此。」月晨說。

她們心情不緊張嗎？

錯了，她們緊張得要死，不過，可戀與月晨也知道，如果被嚴重影響情緒必定沒法勝出。

香港的女生都是很堅強的，絕對不會比其他國家的女生弱小。

……

…

.

三號館的天台。

天台就好一個超大型的婚禮場地一樣，佈置得非常美觀。

守珠與靜香終於可以兩個人坐下來聊天。

「妳們有沒有想過，為什麼那些黑修女會這麼言聽計從？」守珠問。

「的確是！為什麼？」靜香說。

「她們都被下毒，如果不聽話，她們就沒法得到像毒品一樣的藥。」守珠說：「然後，全身都會很癢，身體上下都出現水泡與血絲，最後會痕癢無比地死去，死狀非常恐怖。」

靜香掩著嘴巴，怕得不敢說出話來。

「整個女生宿舍，大家都是為了『生存』而繼續工作。」守珠說：「包括了我。」

「難道妳也吃過這種藥？」靜香問。

「我沒有，因為我比她們高級。」守珠說：「不過，如果我被發現背叛她們，一定死得更慘。」

「守珠，細媽非常擔心妳……」靜香說。

「我知道的，不過，我還是很想找出宿舍幕後的主持人。」守珠說：「我不會忘記死去的人經歷那種痛苦……就如馬鐵玲被虐殺，我想妳也不能忘記吧。」

靜香腦海中彷彿出現了鐵玲痛苦的叫聲與畫面。

「拿著。」守珠把一樣東西給了她。

「這是？」靜香看著手掌上的藥丸。

「沒有痛苦，吃下後五秒內死亡。」守珠認真地說：「我不希望我們任何一個要吃下這顆藥丸，不過，如果真的要死，總好過被折磨而死！」

靜香拿起了藥丸，她非常明白守珠的想法，同時，也代表了守珠的決心。

「不會死的！」靜香說：「我們一定可以離開這個島！」

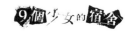

……

…

．

三號館的大門前。

在這裡，可以看到一大片草地，還有遠遠的其他宿舍分館，雖然沒有街燈，卻因為星光可以看得非常清楚。

天瑜、奕希，還有聖語一起看著遠遠的風景。

「聖語，妳在韓國宿舍經歷過什麼？」奕希問。

「嘿，我想妳不會想知道。」聖語看著自己的雙手：「我的手已經染滿鮮血了。」

「為什麼妳好像完全不怕？」天瑜問：「我意思是，妳已經習慣了？」

「習慣？我沒想過這個問題。」聖語說：「我知道如果她們不死，我就要死，這個生存下去的理由不是已經很足夠了嗎？」

她們沒有回答，心中卻明白她的說話。

弱肉強食的世界。

從前，沒有人類社會的文明，任何生物都是藉著殺戮其他生物而生存，直至人類文明社會出現、工業革命、兩次世界大戰等等，慢慢地，人類學懂了「殺戮」未必可以得到最大的利益，人類開始用「金錢」去控制整個社會。

當你有錢，可以殺死任何人，而且不用自己出手。國與國、人與人之間都一樣，其實「弱肉強食」根本就沒有因為人類的文明而消失，反而變本加厲。

因為我們人類就是食物鏈中的「掠食者」。

如果不想成為「獵物」，我們只能用任何方法……生存下去。

《我們沒法改變自己掠食者的本質，卻想別人不要做掠食者。》

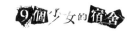

Chapter #14 - Lethe Island #7

遺忘之島 7

「明天會有開幕儀式，然後遺忘之島的遊戲正式開始。」聖語說。

「開幕儀式？真的以為在舉辦奧運會！」奕希有點不爽。

「到時可以見到其他地區的住宿者？」天瑜問。

「對，我又會看到那群全部都整容又噁心的韓國妹！」聖語掉下了煙頭：「總之，如果我們可以團結起來，或者不會輸。」

「明白！」奕希大聲說：「一定要成為最後勝利者，然後離開這裡！」

「哈哈！很好！」聖語大笑。

她們三人一起看著亮著燈的其他女生宿舍。

究竟她們會遇上怎樣的對手？

……

……

三號館宿舍三樓，鈴木詩織的房間內。

真實的性格被揭穿以後，她沒怎樣跟其他人聊天，她想起了在遊戲中被靈霾教訓，非常憤怒，同時她又想起剪下那個想強暴她的禽獸叔叔舌頭，她非常高興。

她完全不怕血水與血腥的味道，現在她才發現原來自己蠻喜歡那份感覺。

「沒有人可以殺我！沒有人可以奪走我的一切！」她在跟自己說話。

此時，突然有人在敲門。

「誰？！」

「我是天瑜，因為明天就是遊戲的開始，我們想一起吃一餐飯。」天瑜在門外說。

「我不去！」詩織說。

「好的，如果妳餓的話就下來吧，在地下的食堂。」天瑜說：「不過，詩織妹妹，要有力氣才有能力打仗呢。」

詩織沒有回答她，只是摸摸自己的肚皮，的確，她已經整天沒東西下肚。

她看著大門。

十分鐘後。

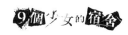

「小妹妹也來了！」月晨指著走過來的詩織。

「我只是肚餓，我才不是……」詩織說。

「行了，明白的！來吧！」天瑜拉著她的手走到飯桌前：「沒想到月晨會懂得做這麼多菜式！快來吃吧！」

在飯桌上放滿了各種餸菜佳餚，當然，都是多菜少肉，因為吃肉會讓她們想起痛苦的回憶。

詩織坐了下來，九個女生也開始吃飯、閒聊。

「真的很好吃！」靜香說：「妳還懂做齋菜，月晨妳的手藝真好！」

「我小時候經常要自己煮飯吃。」月晨說：「所以懂得做菜。」

「為什麼不做下去？」奕希吃著疏菜沙律：「真的很好吃！」

「就是現實社會不容許我再發夢吧，做廚師根本賺不到錢，最後我決定放棄夢想。」月晨說。

「真的太可惜了。」靜香說。

「我們不也是為了錢才入住宿舍嗎？不就是同一個道理？」詩織說。

大家也看著她。

「別要掃興！」奕希夾餸給她：「這可能是我們最後聚首一堂的機會！」

大家又看著她。

「不不不！哈哈！」奕希知道自己說錯話：「總之，大家吃飽一點才有氣力！」

大家又再次起動大快朵頤，利用食物來暫時忘記自己身處的地方。

「靈霾，早前妳帶我見的私家偵探，還有沒有聯絡？」可戀問。

「妳說黃伊逸？沒有，完成上一個遊戲後我們就來到這裡了，而且手機也接收不到，根本沒法聯絡他。」靈霾說：「不過，我相信他有辦法找到我的。」

「他沒法知道我們就在這個島上吧。」可戀說。

「不，未必。」靈霾說：「他不是普通的私家偵探，他一定有方法找到我。」

靈霾拿出了一個圓形的東西，上面的紅燈正一閃一閃地閃著。

《無論是喜歡還是憎恨，能夠相識是緣份。》

Chapter #14 - Lethe Island #8

遺忘之島 8

「這是什麼東西？」可戀問。

「伊逸早前給我的，可以偵測到我身處的地方，原理我不懂，大概就像衛星電話一樣吧。」靈霾說。

「明白。」可戀說：「希望他可以找到我們的位置。」

他們繼續吃著晚餐。

「我想知道，我們在早前遊戲中賺了的錢，是不是在這次遊戲後可以拿回來？」月晨問了一個非常重要的問題。

「對，如果能夠離開，錢當然是我們的。」守珠說：「不過，妳到時應該不會在乎了。」

「為什麼？」月晨問。

「因為在明天開始的遊戲，會比妳早前賺的錢多不知多少倍，只要能夠勝出，錢就是屬於妳。」守珠解釋。

「到時我得到錢，一定會開一間二十四小時的超級市場！」天瑜說。

「為什麼要開超級市場？」靜香問。

「因為超級市場給我很多小時候跟媽媽一起的回憶。」天瑜笑說：「她已經不在了，我希望可以開一間全世界最大的超級市場！」

「妳何止可以開一間，妳可以開幾十間連鎖超市也不定。」守珠說。

她們開始討論勝出後的錢要怎樣運用，不過，經歷過早前的遊戲，她們心中也知道，要成為最後的勝利者根本不是這麼簡單的事。

「守珠我想知道其他的修女呢？為什麼當我們到達這裡時，她們沒有出現？」可戀問。

「她們都正在準備其他的事。」守珠說：「因為我是黃修女，就是妳們的隊長，所以才可以跟妳們一起。」

「我不明白，在今貝女子宿舍全都是監聽器，不過，在這裡卻完全沒有，為什麼呢？」靈霾問。

「因為根本不需要。」守珠說：「監聽器是為了不讓妳們把今貝女子宿舍的事告訴別人，在這個無人島上，妳們還可以告訴誰？」

「的確是這樣！」奕希說。

「而且，其實女神父她可能已經知道我跟聖語的計劃。」守珠說。

「什麼？！」

「其實知道也不出奇，她根本就掌握一切，我們就算是背叛了她也只有死路一條。」聖語說：「我們根本不足為患，更重要是我們可以幫助她賺更多的錢。你知道嗎？場外賭博的錢，比每星期足球比賽的投注額多一百倍。」

「真不甘心成為她們的棋子！」天瑜說。

「不就是因為妳『貪』，才會成為棋子嗎？」詩織又在實話實說。

「誰不想過更好的生活？」月晨替天瑜說話：「的確是貪，但貪又有什麼問題？世界的原則就是誰有錢誰主宰一切，不是嗎？」

「貪到要把其他人殺死也沒問題嗎？」詩織反駁她：「然後說什麼我很後悔，繼續過日子嗎？」

「詩織妳……」

月晨想回駁她時，聖語站了起來！

「大家別掃興！我們一定要團結才可以贏出這場遊戲！」她拿著酒杯說：「來吧！我們就來敬未來有錢又漂亮的自己一杯！」

她們都拿起了酒杯，敬未來的自己。

這次，是她們九個人生命中，第一次一起吃飯，同時也是……

最後一次。

不能說她們的士氣如虹，不過，至少九個代表香港的女生，也沒有退縮，希望可以在這次的遊戲中得到……最後的勝利！

……

：

．

一天後。

「我不要掉下妳！」

「波板糖。」她微笑說：「別忘記，一起吃波板糖，代表我們是好朋友。」

另一個她沒法說出話來，她被其他三個女生拉走！

三四十個**嗜慾男**，已經來到了她的位置！

「你們這群臭男人！來吧！我在這裡！」她大叫引誘他們。

其中一個走得最快的嗜慾男已經來到她面前，把她壓在地上！

其他的嗜慾男，一個又一個包圍著她！

她將會被痛苦地虐殺強姦！

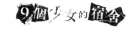

她是誰？

她是香港區代表的其中一位女生！

《能夠快樂，盡情快樂，因為人生痛苦時間佔了大多數。》

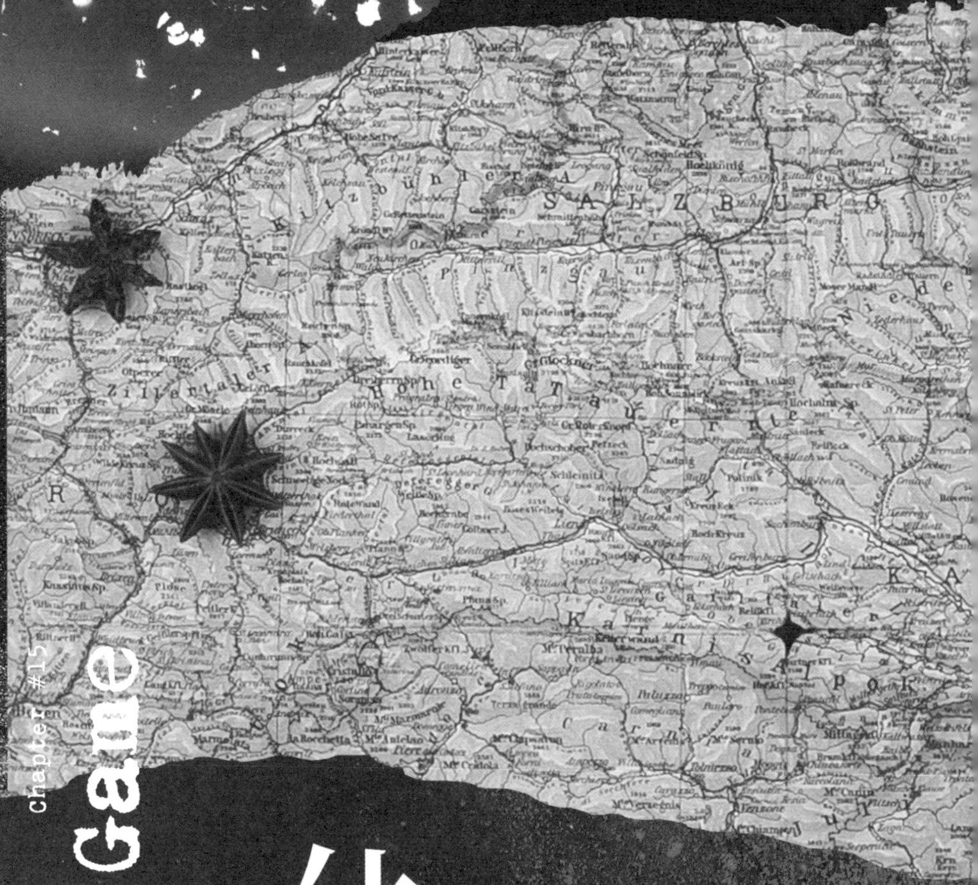

chapter #15

Occupy Game

佔領遊戲

Chapter #15 - Occupy Game #1

佔領遊戲1

休息一天後，第二天下午，遺忘之島的遊戲正式開始。

宿舍的中央花園築起了一個大台，六個地區的女神父及各地區宿舍的顏色修女，都在台上。中國、日本、南韓、北韓、台灣、香港六個地區的入宿女生，全都來到參加這次……開幕儀式。

全部女生都經過各地的黑修女悉心打扮，花枝招展，而且她們都是年輕少女，本來這樣的情景都很吸引眼球；不過，在場的女生沒有一個的臉上掛著笑容，因為她們都知道，未來的一星期，將會是最可怕的經歷。

全場唯一一位男生尼采治，走上了台，今天，他就是遊戲開幕儀式的司儀。

「大家好！我是香港區宿舍管理層尼采治，很高興大家來參加這次的盛事，六個地區一共五十人的遊戲！」他高興地說。

在他背後的螢光幕出現了六個地區的地圖，還有各地區的參加人數。她們都在留意著不同地區的參加者，大部分人都是第一次見面，已經流露出像仇人的目光，別說要聊天，甚至打招呼也沒有。

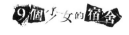

中國十二人、日本十人、南韓三人、北韓六人、台灣十人、香港九人，一共五十位女生。

「五十位青春又漂亮的少女同一時間看著我，我也有點尷尬呢。」尼采治非常高興：「我想大家也想知道，為期一星期的遊戲會是什麼。這次就讓我簡單地介紹，遊戲會分成三個階段，今天晚上開始進行第一場遊戲。」

畫面改變，出現了全島的地圖。

「這次我們會充分利用島上的各個地區，滿足你們對遊戲的慾望。」尼采治說：「首先，我要先說明一下，妳們手上的手機只能用於內聯網，GPS 地圖也只會鎖定於島上，隨著不同的遊戲，我們會加入不同的新功能。我想大家最關心的是，如何離開這個島？遊戲勝出會有什麼獎金之類的問題，對嗎？」

在場沒有人回答他。

「好吧，我先說明，只有一個地區的代表可以離開這個島，而最後勝出的地區宿舍，全體會得到……三億的獎金。」尼采治說：「不，應該說是……三億美金的獎金！」

台下的女生聽到後，無一不嘩然。

「三……三億美金？！」天瑜跟身邊的月晨說：「即是多少港幣？」

「乘以 7.77 左右吧。」靜香說：「大約是二十三億港幣！」

「如果分成九份，一人就有二億六千萬！」月晨想起也高興：「二億六千萬是一個什麼數字！」

「大家稍安毋躁，我知道聽到這些數字後一定會很高興，不過，請妳們繼續聽我解說下去。」尼采治說：「獎金真的非常豐厚，希望大家也可以投入遊戲！不過，我想跟大家說，四年前上屆的遺忘之島遊戲中，各區加起來有六十四人參加，最後勝出的就只有……三個人。」

「什麼？！」

六十四人只有三個人勝出？

只有三個人離開這個無人島？

尼采治沒有說明其他六十一人最後的下場，不過，他不說在場的女生都心中有數。

「現在來公佈第一場遊戲名為……『佔領遊戲』！」

《全球 1% 的人擁有地球半數以上人口的財富，你眼中的巨款，他們只當是小數點。》

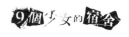

Chapter #15 - Occupy Game #2

佔領遊戲2

「佔領遊戲」。

遺忘之島上，分成了森林區、湖區、山區、沼澤區、海灘、北塔、小型機場、碼頭、神殿、發電廠、洞穴、花園、神秘遺跡、不明地帶等十四個不同地區，佔領遊戲就是六個不同地區的代表，盡快佔領這十四個不同區域，得到資源。而在島中心的宿舍地區，為「安全區域」。

各區域的「佔領地」，都會顯示在各人的手機地圖之中，這代表了就算森林地區的範圍很大，也只需要來到森林地區的「佔領地」，就代表成功佔領。

因為各地區宿舍的代表人數不同，比如南韓區只有三名參加者，而中國區有十二名，公平起見，南韓區的參加者會在遊戲之前得到「優先用品」，以作為人數較少的補償。

在「佔領地」中得到的資源可以在之後的遊戲中使用，所以請所有地區宿舍的住宿者，務必得到更多的資源，佔領更多的地區。

尼采治說出了第一個遊戲的詳細內容。

「就像打機一樣吧。」奕希說：「去到某個地點得到資源，然後擴大優勢。」

「一定沒這麼簡單。」靈靈看著手機傳來了遺忘之島的地圖：「如果只是鬥快佔領，就只是一場無聊的電視劇綜藝節目，他們不會這樣簡單就讓我們完成。」

靈靈沒有說錯，尼采治繼續說。

「當然，遊戲不會很順利就可以完成，妳們除了要跟其他地區的人鬥快，還要對付……『他們』。」

尼采治後方的螢光幕出現了幾個裸體男人的畫面，他們全部都面目猙獰，就像喪屍一樣！

「我想大家也記得在宿舍中遇上那些像瘋子一樣，想殺死妳們的朋友與親友吧？他們都是服食了一種名為螺旋的興奮劑。」尼采治微笑說：「多得我們的科研團隊一直的努力，螺旋得以改良，現在這種興奮劑更『人性化』！這些吃了藥的男人將會是妳們最危險的敵人！」

「夠了！」

此時，會場內台灣區其中一位代表站了起來！

「我真的受夠了，你好像說到很偉大一樣！」

「阿沁！不要這樣！」她的宿舍朋友方季嘉大叫。

「不是嗎？他們根本就是用我們的生命來做棋子！用我們來賺錢！」叫阿沁的眼睛通紅地看著在場的人：「妳們還要為了錢出賣朋友嗎？還要繼續參加他們不知所謂的遊戲嗎？我要為死去的朋友報仇！」

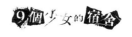

她話一說完，立即衝向台上，她的目標是台灣宿舍的女神父！

她快到達台上，奇怪地，沒有任何一位黑修女走上前阻止她！

她們都想女神父死？

還是……

就在阿沁踏上台上的一刻……

「轟！」

隨著一下巨大的爆炸聲，一隻被炸斷的手，連同血水飛落到其中一位女生的大腿之上！

「呀！」

不只是手，其他身體部分一起炸飛，鮮血染滿整個台邊！

在場的人完全意料不及，嚇得雞飛狗走地四散！

爆炸發生在那個阿沁的身上！她的身體整個被炸開！

血肉模糊的頭被炸飛，掉到台上，正好落在台灣區宿舍女神父的腳前！

台灣區女神父一腳踏下去！

她不斷地踏！不斷地踏！

「靠北！去妳的機巴！真的不聽話！掉我臉！」她搶過尼采治的咪大聲地說：「誰不聽話，我就炸死她！」

《要團結，首先要有一個人願意站出來，卻是最困難的事。》

Chapter #15 - Occupy Game #3

佔領遊戲 3

「好好的一場開幕儀式，妳看妳們弄成怎樣？！」她生氣地說。

「別要勞氣，我覺得還好的，現在就來示範給她們看也不錯。」香港區的女神父說。

她走到台前，看著台下一群小羔羊。

「妳們頸上戴著的『G-Dorm』頸鏈，已經裝上了強力的微型炸彈，它的威力大家已經看到了，絕對可以把妳炸到身首異處。」

「什麼？！」

台下的女生一起看著自己頸上的頸鏈！

「妳們別想脫下來，只要頸鏈遠離你們的身體，立即會爆炸！」台灣區女神父說：「脫下來也會爆炸！」

她們四十多人完全進入了恐慌的狀態！

遊戲還未開始，已經出現了第一位死者，未來的一星期，死亡還會不斷發生嗎？

可以肯定的，恐慌的就只有各地區的住宿者，在台上的六個女神父卻樂在其中，不只她們，還有在看著直播的「人渣」，都樂不可支。

全島生還人數四十九人。

遺忘之島上的「投注中心」。

十數個黑修女正在接受四方八面的投注指令，有的是用衛星電話投注，有的是用手機上的APP，當然，這些APP都是非法下載。

五花八門的投注項目，什麼也有得賭，而入場費最少是……五百萬。

投注項目中有一個999,999倍的賠率，即是可以下注一百元，如果贏出了就可以得到九千九百九十九萬九千九百元。

可惜，這個「超級賠率」就在開幕儀式的爆炸聲中，永遠消失。

因為，超級賠率的項目是——「全員生還」。

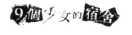

遊戲還未開始，就已經不可能發生。

「編號2695。」一位黑修女說：「客戶下注一千萬，四十八小時內死十個。」

「已輸入電腦。」另一位黑修女說。

所有在投注中心工作的黑修女都沒有名字，只有編號。這位編號2695的黑修女，因為對電腦非常熟悉，所以她被安排到投注中心工作，至少，不用在現場看到血肉橫飛的畫面。

「我想去洗手間。」編號2695說。

「快，現在是投注的高峰期。」

「知道。」

她離開了工作崗位，走到了員工洗手間。

這個編號2695，只有二十二歲，成為黑修女只有一兩個月時間。因為她欠了一身債，本想找一份高薪的工作，沒想到最後墮入「宿舍」的圈套之中。

她的手臂，有無數個針孔，因為她入職時被注射了會上癮的藥物，現在要繼續用藥才可以生存下去。

每次她看著入住宿舍的女生都很妒忌，為什麼在遊戲的人不是她？她知道自己生得醜，根本不能跟入住宿舍的女生比較，不過，如果可以給她選擇，她寧願做入住宿舍的女生，也不想做染上毒癮的黑修女。

世界就是這樣，有些人不喜歡自己的「工作」，同時，別人卻非常嚮往那份工作。

公平嗎？世界從來沒有公平，「公平」兩個字，都是那些已經擁有豐厚財產的人，想出來讓勞動工作的人，覺得過得「安心」的藉口。

2695 走入了廁格，然後拿出一台外型古怪的手機。

她在手機中輸入。

「我在一個奇怪的島上，已經有一個人死去！」

《在不公平的時候，用公平來做藉口。》

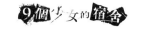

Chapter #15 - Occupy Game #4

佔領遊戲 4

香港荃灣某工作室。

他收到了一個訊號，訊號寫著……

「我在一個奇怪的島上，已經有一個人死去！」

他看到訊號皺起了眉頭。

「我知道我為什麼沒法聯絡上靈霾。」他說。

「為什麼？」另一個男人說。

然後他給男人看著訊息的內容。

「在……奇怪的島上？」

他們就是靈霾的好友私家偵探黃伊逸，還有答應女神父設計遊戲的子瓜。

此時，子瓜的貓豆花跳上他的大腿上討摸。

「你為什麼會收到這個訊息？」子瓜問。

「我是私家偵探，當然有方法。」黃伊逸說：「在靈霾入住宿社之後不久，我收賣了其中一個黑修女，我給她一台特殊的電話，然後可以發短訊跟我聯絡。」

「她說的島是在哪裡？」子瓜問。

「我一早已經給靈霾一個接收器，沒想到那個接收器真的大派用場。」黃伊逸說：「不過要花一點時間才找到她的位置。」

「她們去了一個島上……」子瓜摸著豆花：「她們要我設計一個遊戲……」

「她要你設計什麼遊戲？」他問。

「多人的集體遊戲，她說至少有十至二十人……」子瓜說：「我已經把我的設計給她了，錢也收了。」

「會不會是……？」

「《APPER 人性遊戲》GAME05 孤島。」子瓜說：「她曾說過遊戲都是依據《APPER 人性遊戲》為藍本，我想她們也想在某個島上玩遊戲……」

「真的很可怕，沒想到小說故事卻在現實世界真的發生了。」黃伊逸說。

「誰說我的小說故事不是在現實中發生？」子瓜說完轉移了話題：「要快找到她們的位置，不然……會死得人多！」

三號館宿舍。

開幕儀式在一片混亂中結束，不過，對於今貝女子宿舍的主持人來說，反而是很好的一次開幕儀式，要說的遊戲詳情她們都說了，而且出現了死亡的「示範」，完美地表達出不合作的後果。

晚上九時，離正式開始「佔領遊戲」還有三個小時，現在，各地區的住宿者，正在討論著遊戲的對策。

「戴著這條頸鏈讓我渾身不自在啊！」天瑜說：「如果真的會隨時爆炸，大家真的要好好保管著！」

「如果我們這樣死了，她們的賭博也沒有意思。」可戀說：「我覺得她們暫時不會把我們炸死。」

「大家……」靈霾把在宿舍的地圖打開放在桌上：「我們先討論一下，要佔領的地方。」

「我不明白，南韓代表就只有三人，其中一位是那個交換生金慧希，人數方面，不是很吃虧嗎？」靜香說。

「妳還在替別人擔心？」奕希說：「這樣反而對我們有利吧！」

「錯了。」聖語說：「我在南韓女生宿舍經歷的，我想妳們沒有一個人可以接受到，她們只有三人，就是代表了……」

「宿舍的人都被他們三人在早前的遊戲中殺死。」詩織已經猜到。

「對！她們是他媽的心狠手辣臭婊子！我也差點死在她的手上！」聖語說：「而且她們因為人數少，會先得到『優先用品』，我想應該就是某些武器。」

「現在，我們的敵人不只是其他地區宿舍的女生，還有那些打了『螺旋改』的男人。」守珠說。

「那我們要佔領的地區，先選擇看似最安全的？」月晨問。

「這是最正確的選擇。」靈霾指著地圖：「不過，問題是怎樣了解『安全』這兩個字？」

十四個地區包括了森林區、湖區、山區、沼澤區、海灘、北塔、小型機場、碼頭、神殿、發電廠、洞穴、花園、神秘遺跡、不明地帶。

她們會怎樣選擇？

《先要有計劃，才會有選擇。》

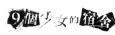

佔領遊戲 5

Chapter #15 - Occupy Game #5

經過她們討論後，一致決定先到「神殿」與「碼頭」這兩個地方，因為它們的位置都比較接近三號館宿舍。

碼頭

神殿

*地圖請查看 P 88-89。

她們討論過應該分成三組還是兩組？因為她們有九個人，分成三組每組也至少有三個人，不過，最後他們還是決定分成兩組，讓每組的人數增加。

第一組，呂守珠、吳可戀、余月晨、趙靜香、黎奕希

第二組，何聖語、許靈霾、蔡天瑜、鈴木詩織

她們會先佔領兩個地方，然後再去其他的區域，這樣會比較安全。

她們在宿舍內找到了電筒、繩索、登山用品等物資，而且都換上了比較輕便的衣著。

「我們還需要一些武器。」聖語提出：「因為晚上有太多的不確定性，還有會四處出沒的男人，一定要有武器自保。」

「我們要……殺人嗎？」靜香問了一個很重要的問題。

「這是迫不得已的手段，如果我們會被殺，不可能不還擊。」守珠說：「而且，妳們覺得那些打了『螺旋改』的人，還是人嗎？」

她們沒有回答，但心中已經有答案。

「還有通訊方面，我們要長期保持聯絡。」聖語說：「如果遇上什麼危險，要立即回到宿舍，因為她們說宿舍是安全區。」

大家都在點頭。

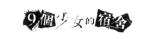

「武器，妳是指這些？」奕希手上拿著一支棒球棍：「我在宿舍健身室找到它，棒球棍上的刀片，看來是為了遊戲而弄的。」

她把一個木箱子推了過來，裏面放著不同的武器與用具。

「這樣說，其他區的代表也有這些武器……」靈霾說。

這不是個好的兆頭。

「如果我們遇上那些『怪物』才使用武器，而遇上了其他地區的女生，戰鬥不是第一選擇，除非……除非她們先出手。」靜香說。

「妳太天真了。」詩織拿起了一把武士刀：「我們都是對手，她們會選擇把佔領地拱手相讓嗎？」

大家都在迷惘著。

「現在猜測也無補於事，實戰才是最重要，到時大家要小心。」守珠說。

「好了，還有三個小時，大家準備好後，就休息一下。」聖語說。

「我出去抽根煙。」靈霾說。

「我跟妳一起去。」可戀說。

靈霾和可戀離開。

「我想在大廳的沙發上睡一兩個小時。」天瑜說：「希望可以睡得著吧。」

「我去準備一下食物，大家可以在外出時吃。」月晨說。

「我來幫妳手。」靜香說。

月晨和靜香離開。

「我去找找有沒有其他的武器。」奕希說：「希望有更有用的東西。」

奕希離開。

會議廳內，只餘下守珠、聖語與詩織。聖語在吧枱拿起了一支白酒，斟了三小杯。

「妹妹，要來一杯？只可以喝一點點，不能喝太多。」聖語對著詩織說。

她點點頭。

她們三個人一起喝下白酒。

「我不希望有任何人死去。」守珠說。

「或者就算死，也希望可以死得舒服一點，嘿。」聖語在苦笑。

「妳們……」詩織難得想跟她們說：「其實有沒有發現？」

「發現什麼？」守珠說。

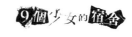

然後，她說出了她所知道的事。

詩織也曾經跟可戀說過，在其他的女生之中，有「某個」比較奇怪。

守珠與聖語聽到詩織說出「某個人」的名字時，對望了一眼。

「妹妹，別要太多心，沒事的！」聖語說：「來，我們再來喝一杯吧！」

詩織看著她，好像在思考著什麼。

《你能承受幾多種痛？你又遇過幾多次傷？》

Chapter #15 - Occupy Game #6

佔領遊戲6

凌晨十二時，正式出發。

「如果有什麼事立即聯絡我們。」守珠說：「我們去的神殿應該比碼頭接近，我們佔領後也會報平安。」

「好的，大家別要害怕，一定可以完成任務！」聖語說：「好，我們出發吧！」

她們兩組人在三號館宿舍分道揚鑣，開始他們的佔領遊戲。

第一組，呂守珠、吳可戀、余月晨、趙靜香、黎奕希目的地是神殿，而第二組，何聖語、許靈霾、蔡天瑜、鈴木詩織目的地是碼頭。

在她們的手機中，出現了十四個佔領地點，而她們亦可以看到自己組員身處的位置。

第一組。

她們一行五人正快速向神殿進發。

「其實神殿是什麼鬼東西？」奕希看著手機。

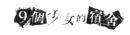

「天曉得。」可戀說：「總之不會是什麼好東西。」

從三號館出發，沿途都有路可走，而且還有街燈，感覺上比較安全，或者她們選擇先到神殿是正確的。

她們走了大約二十分鐘，已經走了三份之二的路程，快來到神殿的位置。

「好像沒什麼危險呢。」月晨說：「而且沒看到其他區的人。」

「還是要小心。」守珠謹慎地說：「她們想出來的遊戲，不會是這麼簡單。」

「我們的一舉一動，都被監視著嗎？」靜香抬頭看著燈柱上的攝錄鏡頭。

是每一支燈柱也有。

「可能突然有人跳出來訪問妳也不定，哈。」奕希說笑。

「啪！」

突然，在還未看到盡頭的大路前方傳來了聲音，她們五人立即停下腳步。

「不會……真的有訪問吧？」奕希的心跳加速。

「看來不是了。」守珠拿出一把斧頭：「大家要小心！」

她們減慢速度繼續前進。

第二組。

她們所走的路比較崎嶇，全是泥地，移動速度也比較慢。

「我們要不要加快腳步？」天瑜問。

「還好，如果以各地區的距離來說，我們是最接近碼頭，應該還是最先到達。」靈霾看著詩織：「別要怕，如果有危險我們立即逃走。」

「我沒有怕！不用妳擔心！」詩織說。

「前方應該有一道橋。」聖語看著手機：「過了橋就會比較容易走。」

就在她們來到橋的一邊，她們聽到……腳步聲！

「妳們……聽到嗎？」天瑜問。

「噓！」聖語做了一個別要出聲的手勢。

腳步聲……愈來愈來頻密！

「我們別要過橋，走另一條路吧！」靈霾提議。

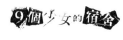

「但這條路是最快的……」聖語說。

「我真的不知道妳們怕什麼！」詩織拔出了一把武士刀：「有什麼事就……殺！」

靈霾用手電筒照向橋的另一方……

她們看到了……

一個雙眼通紅的男人，正在看著她們！

四個人也被嚇到！

「女……女人……女人呀！」男人終於看到她們。

赤裸的男人看到四個女生，立即……快速衝向她們！不像那些喪屍片的喪屍一樣慢慢地走，而是以短跑的速度……衝！

不是一個男人，其他赤裸的男人也聽到那個男人大叫「女人」，十數個男人一起衝向她們！

「快逃！」

《有時，先走的人，未必是最快到達目的地的一個。》

佔領遊戲7

Chapter #15 - Occupy Game #7

「嗜慾男」。

在世界各地不同國家找來的實驗品，他們全都被注入了「螺旋改」，讓他們變成喪屍一樣！

電影和電視劇中，喪屍都會被鮮血吸引，不過嗜慾男有點不同，他們只會被……

女生的體香吸引！

因被注入「螺旋改」，他們的鼻子對女性體香非常靈敏，只要他們發現女人，會變得非常瘋狂，他們的目的，就是姦殺女人來滿足自己的慾望！

在遺忘之島上，已經有數以千計的嗜慾男等待著，準備爭奪和虐殺宿舍的女生！

不過，有一個很重要的問題。

為什麼嗜慾男不會進入宿舍的範圍？

生物科研中心是「如何控制嗜慾男」？

一切暫時還是一個謎。

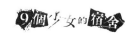

除了第二組的人，第一組也遇上赤裸的「嗜慾男」！

他在大路上看到五個女生，下體立即勃起，快速走向她們五人！

「女人！我要女人！」

他的口中流下唾液，嗜慾男看見她們已經完全失去理智！

「衝……衝過來了！怎辦？！」靜香大叫。

「讓我來！」守珠緊握著斧頭。

嗜慾男跳向她，守珠用力一揮，斧頭斬在嗜慾男的胸前，血水噴向守珠全身，嗜慾男倒在地上大叫！

守珠往他的頸大力劈下，嗜慾男一動也不動死去！

其他四個女生也看到目瞪口呆，沒想到守珠會是如此「狠」！

「他們已經不算是人，只是一頭沒有道德的野獸！」守珠看著她們說：「對著他們別要留手，知道嗎？」

「呼……守珠真厲害！」體能比較好的奕希舉起棒球棍說：「放心吧，我也會保護自己，還有妳們！」

靜香遞上了手巾給守珠抹去臉上的血。

「不用了。」守珠微笑說：「之後又會再次染到的，走吧，沒時間了。」

她們繼續前進，終於來到了神殿。

神殿外由六支雕上女生外型的石柱支撐著，有點像希臘神殿的建築。神殿只有一個大門入口，她們五人已經拿出了手電筒。

可戀看著手機上的佔領位置，就在神殿的中央。

「我們走吧。」

五個女生一起走入了神殿之內。

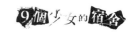

第二組不像第一組只遇到一個嗜慾男，她們正被一群嗜慾男追著，情況非常危急！

「痴線！為什麼會有這麼多？！」詩織一面跑一面說。

「前面！」靈霾上氣不接下氣：「我們先躲起來！」

他們走進了一條像荒廢的村落之中，在一間破爛的木屋中躲起來！

天瑜從木屋的縫隙中向外看，十數個嗜慾男正在找尋她們！

「他們會找到我們嗎？」天瑜非常驚慌。

靈霾也探頭看著門隙，一個嗜慾男望向她！她立即縮回去！

「等等……」詩織看著外面：「妳們看，她們是用鼻子嗅！他們是嗅我們的味道？」

「媽的，果然是狗公！」聖語拿起了武器，已經準備跟他們一拼。

「是我們身上的味道？」天瑜從背包中拿出一樣東西：「這個有用嗎？」

靈霾看著那東西說：「或者……可以！」

天瑜竟然拿出一支蚊怕水！

「來！我們一起噴全身！」靈霾說。

同一時間，一個嗜慾男走近她們的木屋！

她們四個人快速地噴蚊怕水，然後一聲不響地從縫隙看著那個嗜慾男……

他用鼻子嗅嗅，沒有發現她們躲在木屋之中，然後向另一個方向離開。

天瑜沒想到，帶來的蚊怕水，竟然用得著！

「等他們全部走向另一方向，我們立即逃走！」聖語緊緊盯著外面說。

《總有些人，跟好友千言萬語，卻跟不熟的人一句嫌多。》

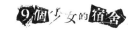

Chapter #15 - Occupy Game #8
佔領遊戲 8

神殿內。

殿內非常昏暗，樓高至少有二十米，由愛奧尼柱式建築結構支撐著整個神殿，殿內牆上刻滿了浮雕，全都是以女性為人物形象的壁畫，還有不同形態的雕像，而多為性愛的動作。

「我不明白，為什麼會在島上建一座古怪的神殿。」靜香說。

「可能只是娛樂而已。」奕希說：「錢多到想建什麼就建什麼，就如中國某些村鎮一樣，起個美國自由神像也可以。」

「不，妳們看。」可戀指著一張壁畫。

壁畫是一群露出生殖器官的男人追殺著赤裸的女人，在壁畫下方有一段介紹的文字。

「獻給世上所有的女性，這裡是妳們的庇護所，也是妳們的『信仰』，讓邪惡永遠被光明打敗，把生命獻給我們的暗月女神赫卡忒。」月晨讀出了文字。

「我想不只是娛樂這麼簡單，對嗎？」可戀看著守珠：「這可能是建築的『原型』，然後，會在世界各地興建像這樣的神殿。」

「看來，妳已經想到了。」守珠說。

「可戀想到了什麼？」靜香問。

「她們為什麼要製造『嗜慾男』這些男性怪物？」可戀說：「我一直也覺得很奇怪，當然是為了她們的遊戲，不過，不一定只用男人來做實驗品，女人不可以嗎？」

「女……神父？！」月晨說：「為什麼她們要自稱為女神父，神父從來都是男人擔任。」

「守珠妳是不是知道什麼？」靜香問。

「她們最終的目的，就是想利用『嗜慾男』來分化世界上所有的男女關係。」守珠說：「女神父曾跟我說，為什麼十二門徒中沒有任何一位女性？這樣公平嗎？她想顛覆這個由男人主導的世界，不只是她一人，而是一群非常憎恨男人的女人集合起來，然後，在各地就出現了『今貝女子宿舍』。」

「遊戲就是要賺取富可敵國的錢，然後開始她們的計劃？」奕希問。

「對，以我所知的就是這樣。」守珠說：「未來，『嗜慾男』會在世界各地出現，然後她們一早已經潛伏的女性團體會開始她們的分化計劃。」

「等等，如果世界上沒有了男人，哪會有下一代？」可戀已經想到之後的事。

「才不是，以現在的科技，人工受孕已經是很平常的事，而且還可以選擇性別。」守殊說：

「她們就是想創造一個由女性做主導的世界。」

「那些老太婆有多憎恨男人呢……」奕希說。

突然神殿深處傳來了奇怪的鎖鏈聲！

「聲音是從神殿的中心位置傳來！」月晨看著手機：「我們要佔領的地方！」

「走吧，大家要小心，可能會出現更多的嗜慾男也不定！」守珠緊握著斧頭。

她們繼續向神殿深處前進。

第二組，她們避過了一群嗜慾男，從荒廢村落離開，繼續往碼頭方向前進。

因為過橋的路線非常危險，她們選擇了另一條路線走到碼頭，路段比較難行，不過至少再沒有遇上那些嗜慾男。

十數分鐘後，她們終於聽到……海浪的聲音。

「就在前面，快到了！」聖語指著前方。

「呀！！！」

就在她們高興之際，她們聽到了女生的慘叫聲！

不是她們四個人發出的叫聲！

《你們能相愛到老？其實你心有分數。》

佔領遊戲9

Chapter #15 - Occupy Game #9

她們立即走向碼頭的方向，躲在碼頭對出的草叢之中！

因為她們遇上了嗜慾男而耽誤了時間，被其他地區的女生捷足先登來到了碼頭！不過，先來的不代表是好事，因為她們也遇上了嗜慾男！

「救命！救命呀！」

在碼頭對出的石屎空地，一個女生被兩個嗜慾男按在地上！

其中一個嗜慾男一刀插入了女生的肚皮之上，把她的肚子劏開！而另一個男人已經把女生的褲子脫下，準備享受他的「晚餐」！

「我們快點去救她！」靈霾準備走出草叢。

「不！」聖語立即捉著她的手臂。

「不救她會死！」靈霾緊張地說。

「現在出去也救不到她！」聖語說：「我們也會成為他們的……『食物』！」

正當她們爭論之際，碼頭的小屋大門打開，兩個嗜慾男走出來，其中一人的肩膊上正抬著一個女生……

一個只有上半身的女生！

而另一個男人單手托著女生的下半身！她已經被分成兩份，腸和內臟從下半身流出！石屎空地染成了血路！

天瑜看到不禁反胃想吐！

「嘔……」

詩織立即用手掩著她的嘴：「別要出聲！」

天瑜只能硬生生把嘔吐物吞回去！

「妳出去只是送死！別要做傻事！」聖語看著靈霾說。

靈霾沒有回答她，她只看著肚皮被劏開的女生繼續慘叫！她的手臂已經被嗜慾男用地扯斷！她痛得歇斯底里地大叫！

「妳們看！」詩織看到碼頭建築物有一道後門：「她們把嗜慾男都引出來，我們可以從後門進入，佔領地就在建築物內！」

「好，我們立即行動！」聖語跟靈霾說：「別讓她們的死變得完全沒有價值。」

靈霾咬緊牙關點頭，她在心中跟自己說，不是想見死不救，只是自己根本沒有能力去救人！

她們從草叢繞到碼頭建築物的後門，已經沒聽到女生的慘叫聲，很明顯，她們已經……死去，被虐殺而死。

她們想到如果被那些嗜慾男捉住，下一個慘死的人將會是自己！

「沒有鎖！」聖語打開了後門。

從後門的樓梯，直上了建築物的二樓。

「可能還有其他的變態男人，大家小心！」聖語走在最前說。

「左轉！」天瑜拿出手機說：「佔領地點就在某間房間內！」

她們快速從走廊走到指定的房間，聖語緩緩地打開了房門，她們先用電筒照過沒發現嗜慾男，立即走入了房間關上了大門！

聖語打開了房內的燈，房間放滿了航海的用品，在一個掛牆的航海船舵上，放著一個黑色的盒子。

「應該就是這個！」詩織拿過了黑盒打開。

她們四人一起打開來看，黑盒內放著一台 Nokia 舊手機 8810。

「要輸入四位數字密碼！」天瑜說。
「密碼？什麼密碼？！」詩織說。

另一邊箱，第一組也來到了佔領的地方。
剛才傳來的鐵鏈聲，原來是四個嗜慾男的頸上，被鎖上了鐵鏈！在他們中間的高桌上，放著一個黑色的盒子！
「女人……我要女人！！！」
嗜慾男想走向她們五人卻被鐵鏈拉扯著！
「怎……怎樣辦？」奕希問。
「沒辦法了，先要解決這四個人才可以得到那個盒子！」守珠說。
同一時間，可戀看到男人的性器官上方紋了數字！

「1-4……2-8……3-6……」可戀覺得數字非常奇怪，還有一個，她沒有看到。

「好了，我們來引開他們，然後再從後方拿走那個盒子！」守珠說。

「我來拿吧！」奕希舉起手來：「我的運動神經還不錯的！我會快速拿走！」

《沒法對付的時候，你只能見死不救。》

佔領遊戲10

Chapter #15 - Occupy Game #10

「臭男人，來這邊！來吧！」月晨把衣服拉低，露出性感的肩膊。

其他女生都在引誘被鐵鏈鎖著的嗜慾男！

「女人！我要女人！」

奕希悄悄地繞到嗜慾男的後方，在他們沒察覺的情況之下，拿走了黑色的盒子！奕希得手後立即走開！

「成功了！」奕希打開了黑盒，同樣的，是一台Nokia舊手機8810：「要輸入密碼！」

「密碼？什麼密碼？」靜香說。

「等等，他們的肚皮上的數字！」可戀說：「1-4、2-8、3-6！應該是第一個數字是4，之後是8，然後是6！」

「密碼是四位數字！」奕希大叫。

她們一起用電筒在嗜慾男的身上找最後的數字，其中三個都有刻上數字，但有一個身上完全沒有數字！

「沒有！沒有數字！」靜香說。

「會不會刻在我們看不到的地方？」守珠說：「我們要在他的身體上找出來！」

「怎樣找？！」月晨說。

「咔！」

就在她們不知所措之時，其中一個頸上上鎖的嗜慾男，他的鐵鎖被解開！衝向她們五人！

「不要！」

守珠立即用斧頭攻擊嗜慾男的頸部！因為斬得不夠深，嗜慾男沒有停止，他把守珠推倒在地上！

「我喜歡女人！女人！我要強姦妳！」

嗜慾男完全沒有理會自己的傷害，他想用舌頭舔守珠的臉！

「去死！」奕希大叫。

她用棒球棍轟中嗜慾男的後腦，嗜慾男當場死亡！壓在守珠的身上！

「我……成功了！成功了！」奕希的手還在震。

奕希瞪大了眼睛，看著血水從他後腦流出。

「咔！咔！咔！咔！」

其他三條鐵鏈同時解開！

「他們已經不是人！」被壓著沒法立即走開的守珠大叫：「別要怕！殺了他們！我們有武器！」

她就像叫醒了在場的女生，可戀緊握手上的刀，在其中一個嗜慾男背後插下！

嗜慾男沒有立即死去，他回身看著可戀，她向後退！

「很痛……很痛……我要幹死妳！」嗜慾男嘴巴流出鮮血，但他還在笑。

同一時間，靜香與奕希已經被另外兩個嗜慾男捉住！嗜慾男的力氣超大，她們沒法擺脫！

嗜慾男扯下了奕希的上衣，露出了雪白的肌膚！另一個嗜慾男把靜香壓在地上！

「滑……很滑！」

就在最危急的關頭……

「砰！」

一下槍聲響起！

捉著奕希的嗜慾男後腦中槍！當場死亡！

是月晨開槍！她在宿舍找到了一把手槍！

「砰！砰！砰！」

她再次開槍，可惜，她沒有打中壓在靜香身上的嗜慾男！嗜慾男被槍聲吸引，衝向了月晨！

月晨呆了一樣，只能看著他衝向自己！就在他快要捉到月晨之際，一把斧頭已經落在他的身上！

是守珠！她爬起來，拯救了月晨！

三個嗜慾男被她們殺死，還有最後一個！她們三人一起看著可戀的方向！

「不知所謂！你們想要女人想到瘋了嗎？」

奕希已衝向那個嗜慾男！她不斷用棒球棍擊打他的身體！直至嗜慾男已經昏死過去！

即使嗜慾男已經死去，奕希沒有停下來！

一直打！一直打！一直打！腦漿也被擊出！

靜香快步走向她，然後把她擁抱在懷內！

「奕希！夠了！他已經死了！停手！」靜香喊著說。

臉上染滿鮮血的奕希，終於停了下來。

《人生必定有幾次，嘗試失去了理智。》

佔領遊戲11

Chapter #15 - Occupy Game #11

神殿內，再沒有鐵鏈的聲音，也沒有嗜慾男噁心的叫聲，靜得可以聽得見她們的心跳。

「我們……打贏他們了嗎？」月晨問。

「對，我們已經殺死了四隻『怪物』。」守珠說：「還好妳找到了手槍，妳救了我們。」

「我……」

守珠拍拍她的肩膊表示謝意，她強調了「怪物」兩個字，只因守珠不想她們覺得……

「自己是在殺人」。

她們五人靜了下來，一起看著躺在血泊之中的四個嗜慾男。

「我們……快找出第四個數字。」可戀回神說。

守珠說：「讓我來找！」

被奕希打死的嗜慾男，他的性器官與肛門中間的凹陷處，找到了……紋了數字「4-1」。

靜香拿過了奕希的手機，輸入了「4861」。

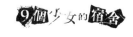

「吔！香港區宿舍代表成功佔領神殿。」

她們的手機顯示了這段文字，同一時間，中央位置本來放著黑盒的地方，升起了一個盒子。

盒內放著……一個手榴彈。

「妳們可得到新武器，M26 手榴彈。」

就像打機過關得到武器一樣，她們得到了新的武器。

靜香的電話響起，是靈霾的來電。

「靜香，手機要輸入密碼，密碼是什麼？在哪裡找到的？」靈霾心急地問。

靜香看著那個嗜慾男……

「密碼……密碼在嗜慾男的身上！」

碼頭。

兩組人交換了現在的情況，靈霾知道密碼就在嗜慾男的身體上！

問題就在，因為她們不是第一隊來到碼頭，嗜慾男已經被引到碼頭外的石屎地，如果他們離開了，永遠也不會知道密碼！

靈霾立即跟其他人說出密碼的事。

「沒辦法了……」聖語走到窗前向著下方大叫：「我們在這裡！快來捉我！」

「妳瘋了嗎？」天瑜緊張地說。

「妳還想到什麼方法嗎？！」聖語說：「如果給他們走了，我們就沒法佔領！」

下方的四個嗜慾男看到聖語大叫，他們看到「活的女人」，二話不說立即衝回碼頭建築物！

「我們在這房間內埋伏，當他們進入時立即向他們攻擊！」聖語說。

靈霾在房間內找到一條大麻繩。

「天瑜！詩織！妳們在門前拿著，蹲在地上一人一邊，讓他們跌倒，然後我跟聖語攻擊他們！靈霾已經想好了計劃。

「好主意！」聖語拉著靈霾的手：「我不知道你有沒有試過用刀刺人，不過，當妳刺進去時，別要當他們是人，他們是怪物！他媽的怪物！」

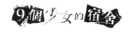

靈霾點頭。

天瑜與詩織蹲在地上準備，她們已經聽到了急速的腳步聲從樓梯傳來！

不到數秒，其中兩個全身是血的嗜慾男走進了房間！

「女人！我要女人！」

他們快速衝入房間，卻被腳邊的大麻繩整個跘倒！兩個嗜慾男倒在地上！

「是這個時候！」聖語大叫。

她用刀插入嗜慾男的頸上！立即死亡！

靈霾猶豫了一會，她也用刀插入另一個嗜慾男的背上！

這個嗜慾男沒有立即死去，他痛苦地大叫然後轉身，一手捉住靈霾的頸！嗜慾男的力氣非常大，只要他用力一抓，靈霾的頸骨會立即斷裂！

「去死！！！」

就在此時，一把武士刀斬斷嗜慾男的手臂，再直接插入嗜慾男的眼球從後腦穿出！他立即死去！

「下次別要我拿繩！」拿著武士刀的詩織說：「妳來拿繩！我來殺他們！」

詩織救了靈霾！

「肚皮上有數字！2-3！」天瑜看著其中一個已死的嗜慾男。

「別要鬆懈！還有兩個！」聖語大叫。

另外兩個嗜慾男沒有走入房間，她們四人慢慢地走出走廊看。

「噹！噹！噹！」

她們聽到金屬敲打的聲音，她們用電筒照向走廊的盡頭方向。

「女人……我要女人……」

一個嗜慾男手上拿著兩個大鐵勾走向了她們！

不只是聖語她們，對「螺旋改」藥物高度適應的嗜慾男，還會有自己的思考，他也懂得……

使用武器！

「來吧，我的 Baby！」

他吐出了剛才咬下的女生耳朵，然後衝向她們！

《學懂狠心，就是成長的一種。》

Chapter #15 - Occupy Game #12

佔領遊戲 12

嗜慾男左手大鐵勾揮向聖語，聖語用刀格擋，可惜嗜慾男的力氣非常大，聖語的刀被打飛！嗜慾男右手的鐵勾再次揮動，在聖語的手臂上擦過，手臂流出血水！

詩織本想用武士刀還擊，卻被嗜慾男發現她的偷襲，一腳把她踢開！她痛苦倒在地上！

「一次來四個！一皇四后我喜歡！」嗜慾男看著靈霾與天瑜：「先殺妳們！」

鐵勾再次向她們揮動，她們兩人只能向後避開！鐵勾在靈霾的眼前掠過！下一次攻擊，嗜慾男絕對不會再落空！

嗜慾男舉起了手準備攻擊之時，就在千鈞一髮之際……

有東西飛向嗜慾男，轟中他的頭！

那東西是……另一個嗜慾男被切下來的頭顱！

「呀！！！！」

Pharmaceutical Sickdom
00 — XX IVO
Fentanyl Transdermal

頭顱是由另一個嗜慾男擲向他！

他手上拿著一塊尖銳的大玻璃片，玻璃片插入了那個嗜慾男的腰部！然後，他搶去了他手上的鐵勾，插入嗜慾男的鎖骨之上！

嗜慾男想還擊，卻被他一手捉住手腕！

赤裸的他，全身也是肌肉，明顯地他比另一個嗜慾男更孔武有力！他用頭撞向他，嗜慾男立即倒地！

他立即騎在他的身上，用大玻璃片瘋狂插入他的喉嚨！鮮血噴到他全身也被染成紅色！

四個女生完全不知道發生什麼事，只有呆呆地看著他們……狗咬狗骨！

那個魁梧的嗜慾男，緩緩地回頭看著她們，他的瞳孔已染成了紅色！

「1-3、2-3、3-4、4-6。」他讀出了一組數字。

她們還是不明他在說什麼。

「密碼！手機上的密碼！」

嗜慾男說完後，痛苦地雙手按著自己的頭大叫！

「快逃！」他噴出了口水：「快！我快要控制不了自己！」

被他這樣一說，她們四人才清醒過來！

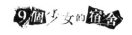

「快……快逃！先離開這裡！」天瑜說。

天瑜扶起了詩織，聖語也按著流血的手臂，離開房間！

只有靈霾，還呆呆地看著救了她的那個嗜慾男。

「快走！妳聾了嗎？」嗜慾男用兇狠的目光看著她。

靈霾沒有離開，她竟然問了一個問題。

「你……叫什麼名字？」

這次，到嗜慾男呆了，他沒想到她會問自己的名字。

「志玄。」

「志玄？」

「快逃！我現在看到妳，很想把妳吞下肚！我快控制不了！」志玄說。

「靈霾！妳在做什麼？」聖語從走廊大叫：「快出來！」

靈霾知道不能再待下去，她逃走不是為了自己，而是為了這個男人，靈霾不想他再痛苦下去！

她們四人終於走回到碼頭的石屎地。

「聖語，妳的傷沒事嗎？」天瑜問：「回去我替妳包紮！」

「沒事，只是小傷。」聖語說：「快輸入密碼！」

「密碼是……3346。」靈霾說。

天瑜在 Nokia 手機 8810 輸入，不到五秒，她們都收到了訊息。

「咇！香港區宿舍代表成功佔領碼頭。」

「妳們可得到新武器，史密斯威森 M686 左輪手槍。」

「成功了！」詩織高興地說：「不過左輪手槍在哪？會不會在房間內？」

「我回去看看。」靈霾說。

「等等，這樣很危險！」天瑜說：「那個嗜慾男……」

「不，我覺得他跟其他的人有點不同。」靈霾說：「我覺得沒問題的。」

剛才靈霾其實不是想知道他的名字，而是想知道……「他有沒有自己的意識」。

他可以說出自己的名字。

靈霾回到二樓的房間，那個叫志玄的嗜慾男已經不在，在掛牆船舵旁的牆上，出現了一個暗格，暗格內放著一把手槍。

不過，手槍完全沒有吸引她，她看著地上，地上用血寫出來的三個字……

「泰、志、玄」。

《有時，控制自己的欲望，是一件很痛苦的事。》

佔領遊戲13

Chapter #15 - Occupy Game #13

第一組人已經離開了神殿。

她們知道第二組的聖語受傷，會先回到宿舍，她們也決定一起回到宿舍再從長計議。

可戀看著手機上的地圖，十四個佔領點，已經有九個被佔領，還餘下森林區、北塔、發電廠、神秘遺跡與不明地帶還未被佔領。

「我們真的先回去嗎？」可戀說：「現在只餘下五個佔領地點，可能其他人已經開始第二次行動，繼續佔領其他地區。」

她們在猶豫著。

「問題是我們連佔領的作用也不知道。」月晨說：「現在已經有兩個地點，我覺得可以先回去會合後再想。」

「等等，妳們聽到嗎？」奕希突然看著神殿的後方。

「女人……我要女人……女人……女人……」

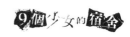

無數的嗜慾男聲音，從神殿後方的外圍傳過來。

「別要在這裡浪費時間了，我們快走吧！」奕希說。

「好！快走！回去再說！」守珠說。

她們立即快步離開神殿，就在她們以為安全的時候，一個嗜慾男從暗處撲向了靜香，把她整個人推倒在地上！

突然，另外幾個嗜慾男蜂湧而出，向她們攻擊！

嗜慾男不只是電影中的喪屍那樣，完全沒有「智慧」，對「螺旋改」有比較高適應性的，甚至懂得「埋伏」，這幾個嗜慾男就是在神殿外埋伏，等待她們出來！

「大家別要手軟！」守珠一個斧頭斬向嗜慾男，救了靜香：「我們手上有武器！」

大家也被守珠的說話弄醒，馬上清楚現在的處境，不能當嗜慾男是「人」去看待！她們再次緊握武器，大開殺界！

月晨向著其中一個嗜慾男開槍，這次她不再依靠運氣，準確地打中他的額角！

空手道黑帶的奕希也不甘示弱，利用她敏捷的身手避開嗜慾男的攻擊，然後用棒球棍還擊！

守珠、可戀、靜香也為了生存，為了身邊的朋友，對抗著心中的恐懼，一起斬殺那些嗜慾男！

不久，她們終於把神殿外幾個嗜慾男全部殺死！

「沒想到，我也可以這樣……」靜香額角滿是汗水，她看著自己染滿血的雙手。

在動物的世界之中，所有雌性動物都會為了自己的孩子與家人變得非常兇猛，她們都在守護著「自己最重要的東西」。

這就是「母愛」。

「妳已經不是從前那個沒膽的靜香了。」守珠拍拍她的頭：「那個只愛去旅行又沒膽的靜香，嘻。」

「我才不是……」

正當靜香想回答守珠之時，突然，守珠整個人向下跌！

隨之而來的是……痛楚！她看著自己左腳的小腿……整條被遠處飛過來的刀斬斷！

時間就像停止了一樣，靜香也看到呆了！

「守珠！！！」奕希大叫。

在不遠處的森林，另一群嗜慾男已經快速來到了神殿的位置！而且有幾個手上也拿著武器！

這裡有二十人？三十？還是四十？他們就像短跑比賽一樣，全部一起衝向她們五人！

「快逃！我們沒法對付這麼多的數量！」月晨看著已經沒有子彈的手槍。

「走！我們快走！」靜香扶起了斷了一隻腳的守珠。

守珠表情非常痛苦，不過，她在微笑：「拿著我的斧頭。」

「什麼？」靜香不明白她說什麼。

「拿著，請代我……活下去。」守珠說。

守珠已經不能走路，如果她們要帶著自己離開，她知道，只會連累其他人。

她決定了……犧牲自己。

「我不要！」

「靜香，我們快走吧！」奕希拉著靜香的手。

奕希無情？不，她只是明白守珠想靜香活下去的「心意」。

「快走！」可戀也過來拉開靜香。

「我不要！我不要守珠離開我！我入住宿舍都是為了找到妳！都是為了妳！」靜香的眼淚流下。

「我也不想妳死！」守珠大叫：「妳這個女人，誰叫妳來找我？妳要好好活下去！妳要代我好好照顧細媽！我不要妳來找我！妳快走！」

「我不要掉下妳！」

「波板糖。」守珠微笑說：「別忘記，一起吃波板糖，代表我們是好朋友。」

靜香沒法說出話來，被其他三個女生拉走！

三四十個嗜慾男，已經來到了守珠的位置！

「你們這群臭男人！來吧！我在這裡！」守珠大叫引誘他們。

其中一個走得最快的嗜慾男已經來到守珠面前，把她壓在地上！

其他的一個又一個包圍著她！

守珠將會被痛苦地虐殺強姦？

不，她才不會這樣坐以待斃！

她等到最多最多的嗜慾男聚集在一起時，她拿出了一樣東西……

一樣剛才獲得的東西……M26手榴彈。

她拔去了手榴彈的保險針……

「靜香，好好活下去。」

轟！！！！

已經逃離神殿的其他四人聽到爆炸的巨響，回頭看著神殿的方向。

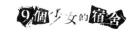

她們知道……

守珠讓她們逃走，已經犧牲了自己。

《我們的友情，建立於小時候的回憶之中。》

佔領遊戲14

Chapter #15 - Occupy Game #14

那年。

兩個小學二年級的女生，一起吃著一支又大又圓的波板糖。因為她們沒有錢買兩支，所以只能夾錢買一支波板糖兩份吃。

她們就是呂守珠與趙靜香。

「好吃！」趙靜香用舌頭舔了一口，然後給守珠。

守珠又舔了一口，把波板糖給靜香。

「為什麼妳舔我那一邊？妳應該舔另一邊才對！」靜香說。

「妳那邊有士多啤梨味啊！我要吃士多啤梨味！」守珠說。

「妳很奸詐！明明說好一人吃一邊！」

「吃那邊有什麼所謂？最後不是一起把波板糖吃完嗎？」

「不！明明說好一人吃一邊的！」

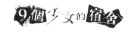

就在此時，三個比她們高年級的女孩走了過來。

「真噁心！兩個人吃一支波板糖！」最高的女孩說。

「對！吃別人的口水尾！」肥的女孩說。

「別要吃了！很骯髒！」最後一個女孩把靜香手上的波板糖撥在地上。

「妳們想怎樣！」守珠立即站起來。

她個子很矮小，比三個女孩都要矮。

「我們想妳們沒波板糖吃！哈哈！」肥女孩大笑。

守珠二話不說，立即衝上前，扯著肥女孩的校服把她拉了下來！

然後一把掌打在另一女孩的臉上！

「妳這個矮冬瓜！」高女孩想還手。

守珠在校服袋中拿出一把小刀，指著她！

「來吧！我會畫花你的面！」守珠奸笑：「到時我就會哭著跟大人說『我不小心』，令他們原諒我，不過妳就不同了，妳一世都會變成花臉貓！」

三個高年級的女學生，沒想到守珠會這麼「狠」，立即想逃走！

「等等！」守珠叫停了她們：「妳們要跟我們道歉！不然，我每天也趁你們不注意，來畫花妳們的臉！」

「對……對不起！」三個女學生說。

「妳們這些人根本不明白。」守珠拾起了那塊波板糖：「**一起吃波板糖，代表我們是好朋友**，妳們這些人永遠也不明白！」

三個女學生當然不明白，她們立即逃走。

當時，心跳加速的靜香，呆呆地看著守珠，看著這個……好朋友。

「波板糖掉在地上，髒了。」守珠失望地說。

「不是還有另一面嗎？」靜香笑說。

她舔著沒有髒的一面波板糖，然後把波板糖給守珠，她又舔了一口。

「很好味！」

「對！很好味啊！」

兩個人也舔著同一面的波板糖，快樂地笑了。

當時，靜香可能還是不太明白什麼是「真正的友誼」，不過她知道，可以一起吃波板糖的人，就是代表了……

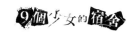

我的好朋友。

或者，像她們的年紀，根本就不知道什麼是真正的「好朋友」，她們只是單純地覺得，跟自己合得來的人就是「好朋友」。

世界上，又有幾多這樣識於微時的友情，可以一直維持下去呢？

應該不會太多。

不過，呂守珠與趙靜香的友情，卻是可以……

直至永遠。

一起吃波板糖的朋友……

在心中，直至永遠。

《無論你在不在我身邊，永遠都在我心中出現。》

呂守珠
OUT

Pharmaceutical Sickdom
00 — XX IVO
Fentanyl Transdermal

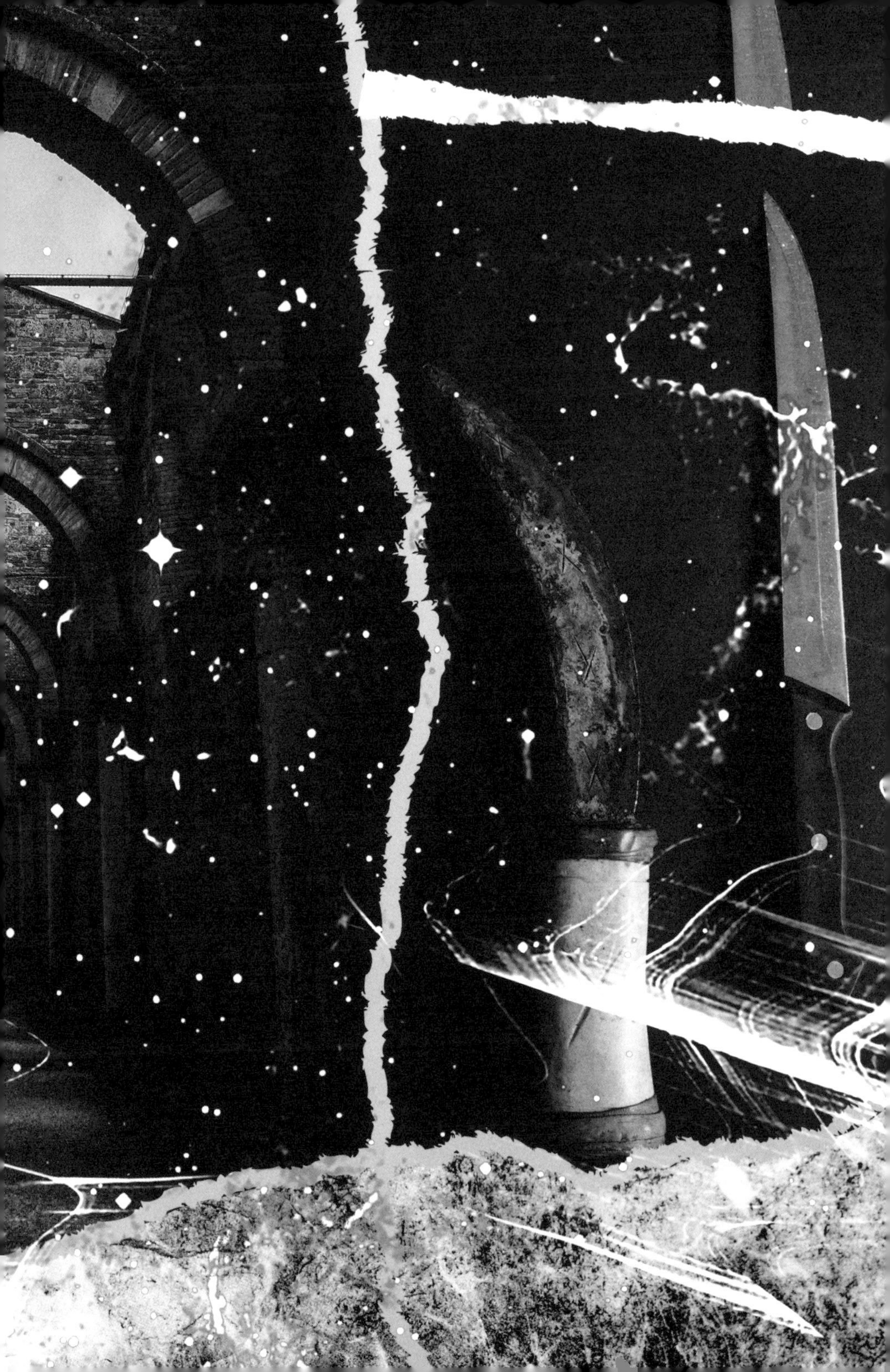

Chapter #16

下半場

Second Half

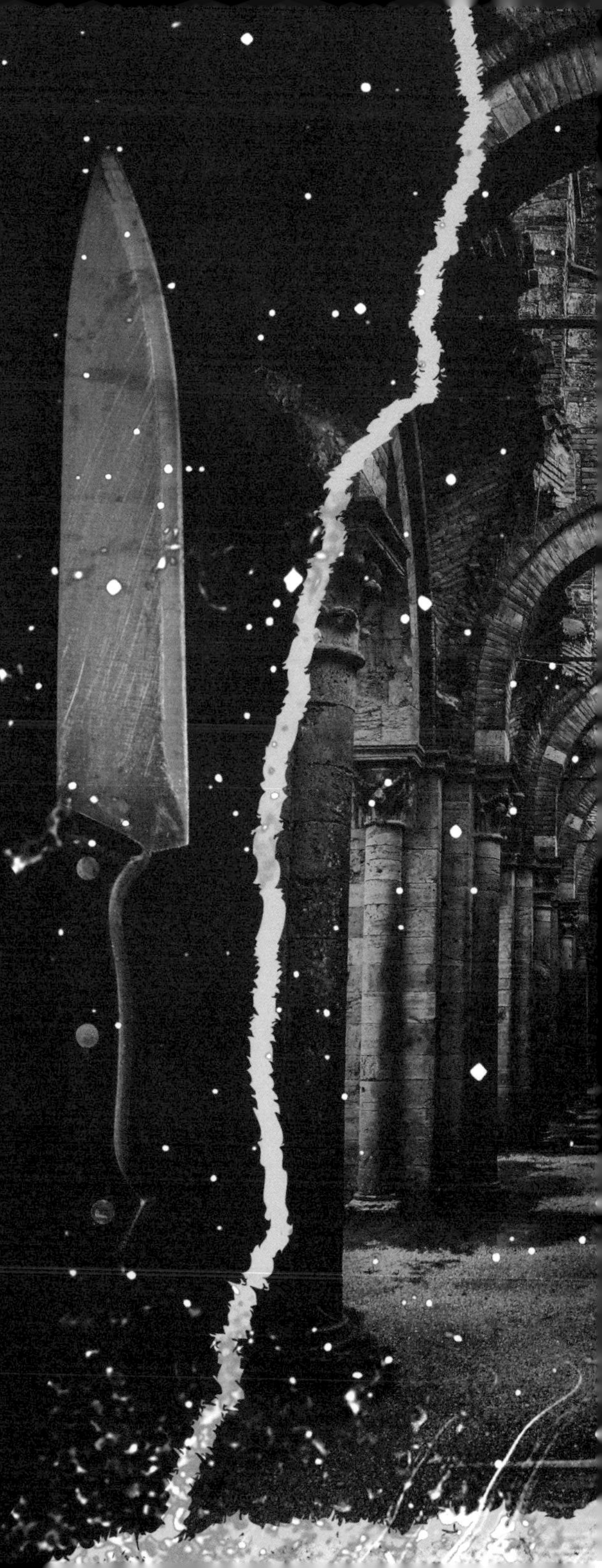

Chapter #16 - Second Half #1

下半場 1

遺忘之島上，宿舍旁最豪華的建築物內。

六個地區的女神父正在開會。

「S女神父，今年妳們只有三個住宿者參加，不過看來都是精英之中的精英。」N女神父說。

「N女神父，看來妳的住宿者也不弱呢。」S女神父說。

她們六個地區的女神父，都以英文名的第一個字為名。

C代表中國區、J代表日本區、S代表南韓區、N代表北韓區、T代表台灣區、H代表香港區。

「不過看來T女神父那邊比較弱就是了，已經死了四個。」C女神父說。

「遊戲還未完，我對其他存活的女生有信心。」T女神父說。

「如果今屆要選最美的住宿者，我想H女神父這次一定贏定了。」J女神父說。

「啊？J女神父妳過獎了，妳們日本區的女生也很美。」H女神父說。

「這不是選美比賽呢，呵！對吧？」S女神父說話有骨：「能夠贏出遊戲才是最重要。」

H女神父沒有回答她，只是給她一個微笑。

就在此時，在她們中央出現了一個機械人的立體影像，機械人的外表為女性，她就是「今貝女子宿舍」真真正正的最高權力者。

她們都稱呼他為「赫卡忒」。

「六位女神父辛苦了。」赫卡忒發出了機械人的聲音：「這次四年一度的遺忘之島遊戲進行得非常順利，希望接下來的日子，可以讓投注額創出史無前例的高點。」

「我們的直播也很高收視，看來我們比Netflix更好賺了，哈哈！」S女神父大笑。

「我們應該可以上市了！」C女神父也高興地說。

「這次的遊戲完結了後，我們就有足夠的錢去完成我們的『目標』。」赫卡忒說：「『赫卡忒之城』不再是紙上談兵，我們終於有足夠的資金興建。」

她們的野心，絕對不只是今貝女子宿舍。

「赫卡忒，請放心，這次的遊戲一定會非常精彩。」H女神父說。

「好，我相信妳們。」

然後，六個女神父一起站起來，向著投射影像鞠躬。

影像消失。

因為遺忘之島不可能收到遠端的立體投射影像，這代表了……

赫卡忒就在島上！

這個叫赫卡忒究竟是誰？

三號館女子宿舍。

香港區代表已經回到宿舍，她們兩組人已經知道守珠犧牲了自己。即使佔領了兩個地方，她們臉上也沒半點的喜悅。

靜香回來後，完全沒有跟任何人說過一句話，她只是看著守珠留給她的斧頭，還有手上的毒藥丸。

天瑜在替聖語治療手上的傷口，其他女生也在整理裝備，還有……整理心情。

「妳看到一個有自我意識的嗜慾男？」可戀問。

「對，他可以說出自己的名字。」靈霾說：「而且他說出了密碼，還叫我們走，救了我們。」

「即是說，有些人未必會被『螺旋改』完全控制。」可戀在思考：「看來她們還未完全掌握這種藥物。」

「詩織妳想怎樣？！」月晨叫著她。

「還有三個佔領點未被佔領！」她拿著武士刀：「我去佔領！」

「但現在……」

「現在妳們像怨婦一樣哀悼也沒有用。」詩織看著靜香：「不如做點更有意義的事。」

靜香完全沒有反應。

「什麼怨婦？妳在說什麼？」奕希不滿她的說話。

靈霾捉住奕希的手臂，不讓她衝動。

「如果妳們不去，把妳得到的槍給我。」詩織跟靈霾說：「我一個人也可以。」

靈霾看著她。

「不，我跟妳一起去。」她說。

《用自己喜歡的方法，去懷念一個人。》

Chapter #16 - Second Half #2

下半場2

手機的地圖上，現在只有北塔、神秘遺跡、不明地帶還沒有被佔領，不過，地圖上沒有說明被佔領的地區是由那個地區代表佔領，而且沒有顯出死亡數字，大家也不知道其他隊的情況。

詩織提出繼續佔領，不過，不是每個人也有同樣的想法，因為聖語受傷不能去，而靈霾叫奕希看著靜香，怕她做出什麼傻事，月晨不想再繼續佔領，這次的「二次佔領」，由詩織、靈霾、可戀與天瑜四人一起組成隊伍。

「妳們要小心！」在三號館門前，奕希擁抱著靈霾：「如果遇上危險，記得立即逃走！」

「嗯，我們會的。」靈霾說。

「拿著它。」聖語把一把軍刀給了可戀：「記得，要劈致命的位置。」

可戀點頭。

「回來後也沒有吃東西，這是給妳們做的飯團，妳們一面走一面吃吧。」月晨說。

「好的，謝謝。」天瑜說。

「天瑜，妳真的跟她們去？」月晨問。

「對，我想多一個人應該會比較好。」天瑜說。

如果要說九個女生之中，天瑜個子最矮，而且運動力也不強，不過，她在做化妝師之前，曾經學習過急救，現在可以說是大派用場。

詩織在全身噴上了蚊怕水：「好了，我們出發！」

她們四人一起出發。

三個還未被佔領的地方，最後她們選擇了島上西南面最遙遠的……「不明地帶」。

為什麼選擇不明地帶？

因為討論過後，她們覺得其他人都會先去一些大概知道是什麼的地方，比如森林區、湖區、山區等等，繼而是選擇某些建築物，比如碼頭、塔、發電廠等等，而這個叫「不明地帶」的地區，一定是最後才會選上。

而且不明地帶在最遠的地方，所以她們決定以不明地帶為她們的下一個目標，希望盡量不要碰上其他對手。

「如果遇上其他地區的人，我們暫時不跟她們對抗，盡量用公平的方法去爭奪佔領區。」靈霾說：「因為暫時我們的敵人不是其他人，而是那些嗜慾男。」

「妳是不是太天真了？」走在最前的詩織回頭說：「她們會跟我們公平競爭嗎？」

「不知道，至少第一步我們不能樹敵。」可戀同意靈霾的說法。

「隨妳們吧。」詩織回身繼續走。

「不明地帶究竟是什麼地方？地圖上只是畫出了一個大圓形的建築物。」天瑜一面吃著飯團一面問。

「天曉得。」可戀說：「這個宿舍組織，已經不能用常規去理解。」

「如果她們真的想創造一個男女對立，以女權為先的世界，一定有什麼原因。」天瑜說：「可能是有什麼痛苦的經歷也不定，就好像詩織的叔叔……」

詩織再次回頭看著她：「別要再提起他！」

靈霾看著她們兩人的對話，心中有一份奇怪的感覺。

她們走了二十分鐘，幸運地沒有遇上任何嗜慾男，可能是她們一早已經在身上噴了蚊怕水，沒有吸引他們。

她們來到了其中一個佔領區「洞穴」，不過，已經一早被其他地區的人佔領。

「等等，妳們聽到嗎？」天瑜在一個洞穴前停了下來。

「別理會吧，我們的目標是不明地帶。」詩織說。

「不，妳們再聽聽……」

「救……命……救命……」

在山洞中，傳來了微弱的呼救叫聲。

《你有沒有試過一星期不批判任何一個人？》

Chapter #16 - Second Half #3

下半場3

「我們入去看看。」靈靈說。

「不！可能是阱陷！」詩織反對。

「我也覺得不理會比較好。」可戀看著靈靈：「我明白妳想救人，不過，就算救了她，也許之後就會是我們的敵人。」

靈靈認真地看著她們。

「如果見死不救，我們跟那些嗜慾男有什麼分別？」

她說出了心中的說話，就像當初在大魚缸「拯救遊戲」時一樣，靈靈還是想盡力拯救全部人。

「走吧，進去。」可戀拿出了電筒。

「但……」詩織想反駁。

「這個笨女孩就是這樣執著，我們才可以得救，不是嗎？」可戀笑說：「走吧，有什麼事我們就逃走。」

「好！」天瑜也鼓起勇氣說。

詩織也沒法反駁，當初也是靈霾拾回她的一命。

她們四人走入了山洞，山洞內什麼也沒有，只聽到水滴的聲音，還有微弱的呼救聲。

「那邊。」天瑜指著聽到聲音的方向。

她們繼續向內前進。

「呀！」可戀突然大叫，因為她踏到軟綿綿的東西，她用電筒一照，是一具嗜慾男的屍體。

「這裡應該也發生過我們遇到的事，她們也遇上了嗜慾男。」靈霾說。

她們走進了左邊的山洞，在洞穴不算太深的地方，找到了發出呼叫的女生。

「妳沒事嗎？」靈霾擔心地問。

「救救我……」

她的一隻腳已經扭曲變形，身上還插住一把刀，已經不能走動。

她的痛苦，不只是身體上的痛苦，還包括了……「絕望」。

「為什麼妳會在這裡受傷？」

這個女生是日本的代表，她不是被嗜慾男所傷，而是……自己的隊友。

在日本的今貝女子宿舍，她們已經一早結怨，最後在沒任何道德與法律的島上，被自己宿舍的人所傷。

她們想起了在香港宿舍的遊戲，的確，如果在大魚缸「拯救遊戲」，不是靈靈盡了力去拯救她們，或者，香港區的女生也會變成日本區一樣……自相殘殺。

天瑜看過她的傷勢，然後跟她們三人搖頭表示已經不行。

「那把……那把刀已經插入妳的心臟，我想妳已經……」天瑜說。

「幫我……報仇……報仇……」快死去的女生說。

「什麼？」

「長澤結衣……」她說：「是她把我殺死……長澤結衣……」

然後，她把手機給了她們，手機已經解鎖，可以看到日本區代表的位置。

她們同樣已經佔領了兩個地區，洞穴與神秘遺跡。

女生用最後的力氣捉著天瑜的手臂，天瑜大驚。

「救救我……」她手還在震：「把刀拔出來，讓我……快點死去……」

她所說的「救」，不是要治療，而是想她們快點了結她，減少痛苦。

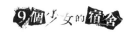

「不行！」天瑜猛烈搖頭：「我做不到！」

「我來。」

詩織二話不說走到她的身前，用力拔出插入她心臟的刀。

「謝……」

女生還未說完，她的心臟已經……停止跳動。

「她把手機給我們，當是回禮吧。」詩織說：「至少讓她減少痛苦地死去。」

她們三人看著這個比她們年紀小的詩織，還可以跟她說教嗎？

不，不能，因為她的選擇或者是對的。

只是她們三人沒法狠心地下手而已。

「走吧，日本的代表不是去不明地帶，少一個地區的對手。」詩織看著她的手機說。

在這樣的「逆境」中，誰可以生存下去？

或者，就只有那些沒有任何道德枷鎖的人。

他們可以為了「生存」，做出正常人不會做的事。

「適者生存」四個字說來容易，但能做到的又有幾多人？

詩織，就是其中一位。

靈霾努力去拯救其他人，而詩織去殺害一個人而拯救一個人。

誰才是對的？

根本沒有真正答案。

不過，可以肯定的，在這個島上如果不夠「狠心」，根本不可能生存下去。

「為了生存，妳們不能再這樣婆媽下去。」詩織說。

她們三人明白詩織的想法。

而且深深體會。

《有些道德枷鎖，才是真正負荷。》

Chapter #16 - Second Half #4

下半場 4

投注中心內。

編號 2695 正在替一單二千萬美金的投注下單。

二千萬美金，大約就是一億五千萬港幣，她知道自己一世也不會得到這麼多錢，現在，這些金額只是她眼前的一堆數字。

「現在是哪區代表佔領最多地區？」編號 2695 問在她身邊經過的經理。

「妳盲的嗎？妳自己看吧！」經理指著牆上的巨大螢幕。

螢光幕上顯示著全部佔領的資料，比各區的代表只顯示自己隊伍詳細很多。

現在的佔領分佈：

中國佔領兩區——森林區、沼澤區

日本佔領兩區——洞穴、神秘遺跡

南韓佔領三區——小型機場、山區、花園

北韓佔領一區——湖區

台灣佔領一區——海灘

香港佔領兩區——碼頭、神殿

未佔領：

北塔、發電廠、不明地帶

而且還示了每位參加者的 GPS 位置，地圖上有很多不同的點，不過，明顯地人數已經減少。

他們怎知道有人死去？

只因她們戴著的頸鏈，除了是一個危險的微型炸彈以外，還有不同的「功能」，當中包括了探測到心跳。

編號 2695 看著南韓的參加者，她們只有三人，卻佔領了最多的地區，她們的賠率立即急跌。

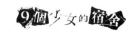

她來自香港的宿舍，雖然她跟香港住宿的女生未真正見過面，不過她還是想香港區的她們可以贏出整個遊戲。

2695看著地圖上四個代表香港區的點，正向著「不明地帶」前進，同時，另一地區的參加者，也向著同一方向前進。

她們四人終於來到了「不明地帶」。

「這是什麼東西？」天瑜看著一所圓形的建築物。

建築物就像APPLE公司的總部，以環狀設計，就如一個玻璃冬甩一樣。

「佔領地位置就在大門左方，我們走吧。」可戀看著手機說。

她們一起從大門走進了建築物。

「**歡迎進入生物科技試驗場**」。

「什麼試驗場？」詩織看著建築物內高科技的佈置：「這就是不明地帶？」

「什麼也好，我們快點找到佔領地，然後離開。」靈霏提醒：「別忘記，手機的密碼都在那些嗜慾男的身體之上，這代表了我們一定會在佔領地遇上他們。」

生物科技試驗場地方很大，不過卻沒見到任何黑修女與嗜慾男。

她們走上了扶手電梯，來到了三樓的樓層，此樓層排滿了不同的玻璃房間。

「你們看！」天瑜指著其中一間玻璃房。

一隻機械臂正在移動著，玻璃房的床上正躺著一個昏迷的男人，機械臂把他的嘴巴撐開，然後……拔出他的牙齒，不只一隻，而是不斷地拔，血水從男人的口中流出。

「他們在做什麼？！」天瑜掩著嘴巴。

「不……還有其他……」可戀看著前方數不清的玻璃房。

玻璃房內，全部都在做著人體實驗，被斬下手腳、被剪去舌頭、被電鑽鑽穿頭顱等等，在每間房間內，都做著不同的人體實驗！

「她們是不是……瘋了？」詩織瞪大眼睛說。

《用其他生物做實驗就是對？用人呢？》

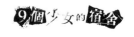

Chapter #16 - Second Half #5

下半場5

「別看了！我們快走！」靈霾看不下去。

她們四人快速經過一排排玻璃房。

有些痛醒的「實驗品」不斷拍打玻璃大叫：「救我！救我！」

她們沒有理會，繼續向目的地前進，就算她們想救他們，也不知道有什麼方法。

「就快到了！」

四個女生終於快要走出一排排的玻璃房，詩織卻停下了腳步，看著其中一間玻璃房。

「妳發什麼呆？快走吧！」可戀叫著她。

然後她也看著那間玻璃房，在玻璃房內，是一個看來只有六七歲的男孩，他的其中一邊眼窩已經沒有了眼睛，不斷流出血水……

他用一個可憐的眼神看著她們，同一時間，機械臂上尖銳的勾，在男孩的另一隻眼窩中挖出眼珠！

男孩沒有大叫，也許是打了某些止痛鎮靜藥物，不過當藥物效用過後，假如他還能生存，必定會痛得死去活來！

「別看！」可戀把詩織拉走，她的眼睛也泛起了淚光：「我們沒法救他們！」

她們的心很痛，不過她們也只能繼續前進。

「我一定要把宿舍背後的主謀抽出來！」靈靈堅定地說。

「我會把她的眼球挖出來！」詩織接著說。

沒有人看到會不憤怒，那些女神父、修女還是人嗎？連孩子也不放過！

不過人類不就是這樣嗎？人類都會用不同的動物去做測試，不也是一樣的殘忍？

不，人類不會承認自己是世界上「最殘忍」的生物，人類會用好說話來包裝，什麼「為了造福人群」、什麼「拯救更多的人」等等藉口，讓自己的良心好過一點。

她們終於離開了玻璃房的範圍，來到了一個大弧形的玻璃窗前，從玻璃窗可以看到……

「這……」可戀看到呆了。

弧形玻璃窗下方，放滿了一堆堆的屍體！像山一樣高的屍體！

這裡就是「失敗」實驗品的棄置區，就像電視新聞上，因為某些動物會傳染疫情，於是大量殺死牠們，然後把屍體堆起像山一樣。

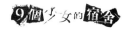

眼前的不是其他生物，而是人類！

佔領地的那個黑盒，就放在一堆堆屍體最上方的桌子之上！

「我們……下去吧。」靈霾盡力保持鎮定，指著弧形玻璃旁的一扇門。

她們從門的樓梯向下走，屍臭簡直讓人作嘔，她們盡力掩著自己的鼻子，走到實驗品棄置區的樓層。

這次沒有出現任何一個嗜慾男，不過，另一個問題就是……她們要踏著屍體走上屍山上，去拿走那個黑盒。

「我來吧！」靈霾鼓起勇氣說。

「等等。」詩織捉住她的手臂：「我來。」

詩織吸了一口大氣，走上了屍山，她踏下的每一步都是軟軟的，她正踏在屍體的肌肉與皮膚之上。

踏在人的屍體上是什麼的感覺？也許，只有詩織才真正知道。

她不小心踏錯了一步，她用手支撐著自己，同時，她看著那個死不瞑目的男人正在看著自己。

「媽的！」她的心跳加速，心中只是想著快點走到最頂。

屍山下的三人都替她擔心著。

終於來到了屍山的山頂，她從山頂看著一堆堆的死屍，腦海中只出現了「恐懼」這兩個字。

生命的意義是什麼？

死了一條生命世界也不會有什麼改變，不過，每條生命都是獨一無二的，都有屬於他們的故事，這樣死去就代表了沒有意義？

詩織不再想下去，她把桌上的黑盒子拿走，然後再次踏著屍體走下來。

「詩織……」

她把盒子交給了靈霾，然後立即吐出來！

「詩織沒事的！妳很勇敢！」天瑜拍拍她的背。

靈霾打開了盒子，把手機拿出來，此時……

「麻煩妳們了！哈哈！」

一把聲音從另一邊大門傳過來。

《生命的意義是什麼？生存的意義又是什麼？》

下半場6

Chapter #16 - Second Half #6

「幹妳的！我們真的不敢爬上去，妳們真的厲害！」

說話的人是中國區今貝女子宿舍的女生，她們三個人比可戀她們更早來到，不過她們沒有自己爬上去拿走黑盒，因為她們知道將會有其他地區的人會為她們「代勞」。

她們三人手上有槍，指著香港區的她們。

「把盒交給我們！」她大叫。

「不！我們這麼辛苦才拿到！」詩織拒絕。

「看來妳們真的想死！」

其中一個女生向天開槍：「不交給我們，妳們就會變成這裡其中一具屍體！」

「沒辦法了，交給她們吧……」天瑜看著另一個女生手上的機關槍。

靈霾走上前把盒子給她們。

「靈霾！」詩織大叫。

「別要再逞強了！」靈霾說：「現在不給她們我們就會死！」

「妳比較懂事！哈哈！」中國區女生說：「不過，我們不只想要盒子，我還有一個要求！」

「妳們還想怎樣？！」可戀帶點憤怒地說。

「沒什麼！」中國區女生說：「我要妳們四個人脫下衣服，然後躺在這些屍體之中！」

「什麼？！」天瑜非常驚慌：「妳們瘋了嗎？」

「快做！想起妳們跟死屍玉帛相見也興奮！」拿著機關槍的女生說：「快！不然妳們將會變成……屍體！」

「我們脫吧。」靈霾說。

「為什麼？！」詩織問。

「為了生存，妳們不能再這樣婆媽下去。」靈霾說出了詩織在洞穴中的那一句說話。

她們三個人……呆了半秒，然後……明白靈霾的說話。

不能婆媽下去……不能在這裡死去……為了生存……

靈霾話一說完，大家開始脫下衣服，就在此時……

靈霾用力把黑色的盒子向上掉去！

中國代表的三個女生，下意識看著在半空的盒子！

「砰！砰！砰！」

靈霾拔出了手槍，子彈打中機關槍女生！

她知道就算真的脫下衣服，她們又會用另一個方法侮辱與折磨他們，所以她已經決定了……

「**不能再婆媽下去**」！

同一時間，詩織的武士刀已經插入了另一個女生的身體！

可戀與天瑜也一起對付最後一個女生！

不到數秒，三個中國區的參加者倒下，同一時間，黑盒也掉到地上。

她們把三個女生快速解決，這次，在她們的臉上沒有再出現驚慌的表情，反而出現了一種……

堅強與堅決的神情！

從她們來到這個殘酷的生物科技試驗場開始，她們的想法已經完全改變，她們不能再懦弱下去！

她們要生存下去！

可戀拿起了黑色的盒子打開，是空的。

「在我手上。」靈靈已經拿走了手機：「我才不會給她們。」

天瑜拾起了那把機關槍：「看來我們又有新武器了。」

詩織看著她們：「妳們不再婆媽了？」

她們沒有回答她，不過大家心裡有數。

靈靈按下了手機的開關，這次不需要輸入任何的密碼。

「吔！香港區宿舍代表成功佔領不明地帶（生物科技試驗場）。」

「妳們可得到新武器，火槍。」

在幾堆屍山中央的位置，升起了一個台階，上面放著一把火槍。

可戀與靈靈對望了一眼，然後看著三具女生屍體，她們點頭。

「我們還是很婆媽，把她們三個都搬到一邊吧。」可戀說：「用布蓋著她們的臉。」

這是給三個死去的女生最後的「尊重」。

「然後我們一起離開這個鬼地方！」靈靈說。

《有經歷的人，才能煉成如鋼鐵的心。》

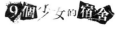

Chapter #16 - Second Half #7

下半場 7

三號館宿舍內。

「她們成功了！」月晨看著手機高興地說：「我們佔領了三個地點！」

「奕希打給她們！」聖語說。

「我打了，打不通，可能她們的地區收不到電話。」奕希說：「希望她們沒有事，快點回來。」

奕希走到露台，跟靜香說：「靈靈她們成功佔領了。」

靜香看著她，沒有任何表情。

奕希摸著靜香的臉：「我知道妳還是很傷心，不過，我們一定要振作，才不負守珠的犧牲。」

「我們……可以離開這裡嗎？」靜香終於說話。

「一定可以！我們一定可以贏出遊戲！」奕希堅定地說。

Pharmaceutical
00 — XX
Fentanyl Transdermal
IVO

靜香點頭，她的眼淚已經不禁流下。

「哭吧，這樣才乖。」奕希擁抱著她：「把痛苦都一次過哭出來吧！」

靜香放聲痛哭，她終於沒法忍受心中的痛苦。

此時，三號館的大廳傳來了月晨的聲音，奕希立即回到大廳。

「為什麼妳會來？！」

她看到了曾經是交換生的韓國代表……金慧希！

「沒什麼，我只是探望妳們。」金慧希說：「看看妳們死剩幾多人，現在只餘下妳們四個嗎？」

金慧希看著露台的靜香。

「妳想怎樣？」

受傷的聖語拿起了武器。

宿舍是安全區，不過，只是嗜慾男沒法進入，卻沒說其他地區的人不能進入，而且也沒有說……不能殺戮。

「別要這樣。」金慧希舉起了雙手：「我只是來跟妳們說，我們已經佔領了四個地區。」

「這關我們什麼事？！」奕希問。

「我們雖然只有三人，不過，我們會是最強的地區代表。」金慧希看著聖語：「妳曾經是交換生，妳應該知道我的隊友有多強吧。」

聖語面有難色，她當然知道她們的可怕。

「我們合作吧。」金慧希說：「我們一起對付其他地區的人，最後就由我們兩個地區對決，當然，我並不知道之後會有什麼遊戲，不過我想也離不開……互相殘殺。」

「誰要跟妳們合作？！」月晨說：「而且我們根本不會相信妳！」

「如果妳們不跟我們合作，未來我們會先對付妳們。」金慧希自信地說。

就在她自信地微笑之時，一把斧頭從露台飛向了金慧希！

金慧希閃身避過！

「走。」靜香說。

從來沒見過靜香出現這麼兇狠的眼神，因為守珠的死，讓她有所改變。

「看來妳們的決定很明顯了。」金慧希沒有追問下去：「那對不起了，我絕對不會手軟。」

她們三人也沒想到靜香會這麼決斷。

「來吧。」靜香的眼淚還未抹去：「我見一個、殺一個。」

金慧希沒有回答她，只是在微微一笑，然後離開。

「靜香……」奕希看著她。

「我要繼承守珠的心願，找出這個宿舍組織的最後主謀！」靜香抹去眼淚。

守珠的死，讓靜香徹底地改變，就如靈霾她們一樣。瞬間白頭或者不會真的出現，不過，一個念頭絕對可以把人改頭換面。

此時，她們的手機同時響起！

「佔領遊戲已經全部完成，請各地區的參加者回到自己所屬的女子宿舍。」

《一個念頭，天堂地獄。》

Chapter #16 - Second Half #8

下半場8

一小時後。

中國佔領兩區——森林區、沼澤區
日本佔領兩區——洞穴、神秘遺跡
南韓佔領四區——小型機場、山區、花園、北塔
北韓佔領一區——湖區、發電廠
台灣佔領一區——海灘
香港佔領三區——碼頭、神殿、不明地帶

中國　5人死亡　7人生還　　日本　1人死亡　9人生還

南韓　0人死亡　3人生還　　北韓　2人死亡　4人生還

台灣　4人死亡　6人生還　　香港　1人死亡　8人生還

全島生還人數37人。

五十位住宿者，已經有十三人死亡，死亡率是26%。死去人數最多的是中國區宿舍代表，五人死亡，最少的是南韓，沒人死亡。

十四個區域全都被佔領，南韓代表佔領四區，其次是香港佔領三區，最少的是台灣只佔領一區。

賠率在佔領遊戲後出現了非常大的變化，現在大熱的宿舍代表已經變成了南韓區，連同金慧希在內的三人，已經佔領了四個地區，比其他人數多的地區住宿者更厲害。

遊戲完結後，大會終於說出佔領地點的用途，只要得到一個地區，除了得到武器外，還可以得到一千萬美金的獎金，當然，如果沒法生存到最後，獎金根本沒有任何用處，所以參加者可以用手上的獎金來換取「時間」。

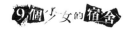

遊戲時間為期七天，一共一百六十八小時，而她們胸前的「G-Dorm」頸鏈會在一百二十小時後爆炸，就是只有五天的時間。

而一千萬的獎金可以換取四小時的延後爆炸時間，比如香港今貝女子宿舍的女生，佔領了三個地區，可以得到三千萬的獎金用來換取十二小時的延後時間。

反過來說，她們還需要再獲得三十六小時，才可以在遊戲完結前不被炸死。

在遺忘之島上，「金錢」已經變得不重要，更重要的是「時間」。

完成了第一天遊戲後，她們有一天的休息時間，然後將會進行第二場遊戲。住宿者所得的武器不能用來對付修女與工作人員，否則，立即會被炸死。

不是一個人炸死，而是連同其他隊員也一起炸死。這個設定是為了不讓她們選擇與修女們「同歸於盡」，當其中一人有這樣的想法，其他的隊員當然會知道要怎樣做。

一個人連累全隊人這種事，絕對不能讓它發生。

大會所說的「休息時間」，其實也不是真正的休息，因為她們已經準備好讓住宿者得到「時間」的機會。

她們手上已經擁有各種各樣的武器，可以用來殺戮嗜慾男，每殺死一個，每地區代表都可得到十分鐘的延後時間。

就如香港區代表，她們還欠三十六小時，即是還欠二千一百六十分鐘，她們要再殺死二百一十六個嗜慾男才可有足夠的時間生存到最後。

簡單來說，就是愈殺得多，生存時間愈長。

……

..

.

第二天早上。

她們八個人從三號館宿舍離開，手中拿著斧頭、棒球棍、武士刀、左輪手槍、機關槍、火槍等等不同的武器。

香港宿舍代表，已經跟之前的完全不同，她們決定了要堅強生存下去，絕對不能軟弱。

這世界上，弱肉強食從來也沒有停止過，這天，她們要成為「掠食者」。

今天，她們的目的就要狩獵二百一十六個嗜慾男。

「我們出發吧！」聖語拿著火槍說：「去討伐怪物！」

《在世界生存的形式，都離不開弱肉強食。》

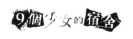

Pharmaceutical
00 — XX
Fentanyl Transdermal

Sickdom
IVD

嗜慾男

Chapter #17 Libido Boy

Chapter #17 - Libido Boy #1

嗜慾男 1

遺忘之島上的一間木屋內。

我……

我看著前方被我殺死的四個人。

我完全沒有感覺。

就像是殺死蚊一樣，完全沒有任何的內疚與罪惡感。

我瑟縮在牆角咬著手指，指甲已經被我咬爛，我看著手指頭上的肉，流出了血水。

小時候我很怕血，沒想到現在卻對血一點感覺也沒有，甚至覺得鮮紅色的血很美……

一切都是我被人捉走的那一晚開始。

欠下大量賭債的我，被捉到一個地下勞動工場工作，如果要還清欠債，我想我至少要工作二十年。

不過，機會來了。

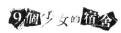

地下勞動工場有一個快速還債的工作，就是成為……「人體實驗」人員。

對我來說，如果要在那個鬼地方生活二十年，我寧願成為人體實驗人員。我報名後，第二天就已經被送到實驗室。

沒想到……會是這樣的實驗。

如果給我再次選擇，我寧願在勞動工場繼續工作二十年。

我們被注射了一種叫「螺旋改」的藥物，她們最初當然說是沒有問題，不過，當我們被注射後，在我組中的一百個男人，只有三成人沒有全身出現水泡痛苦地死去，那時候，我終於後悔。

我後悔為什麼要來當人體實驗人員、我後悔為什麼沉迷賭錢、我後悔小時候為什麼不認真讀書、我……

後悔後悔後悔後悔……

人生有太多的事要後悔。

在注射「螺旋改」沒有出現水泡的十二小時後，我們有一半人被轉到生物科技試驗場，而對「螺旋改」沒有過份排斥的另一半人，每隔三小時繼續注射「螺旋改」。

在十四小時之後，我開始出現了不像我自己的瘋狂想法，在我腦海中不斷出現女人的胴體，還有她們的血與體液等等幻覺。

十八小時之後，第六次注射。

我已經看到其他的男人出現了瘋狂的反應，他們沒法控制自己，實驗室的工作人員把一隻母豬放入了實驗室內，不到三分鐘，母豬被實驗室內的男人分屍。

當然，我也有這樣的性衝動，不過，我還有自己意識，沒有像他們一樣虐殺母豬。

不過，我同樣知道，如果我完全沒有出現他們的情況，我一定會被定為「不及格」的實驗品。

所以，我在二十六個小時之後，配合他們的實驗結果，把一頭母牛幹死。

我不想被安排在「生物科技試驗場」，留在那裡根本就是等死。

我不能讓他們知道，我沒有被「螺旋改」完全控制。

我不能。

三十二小時之後，我們數百上千的男人，被分配到島上不同地方，我們被叫作「嗜慾男」，同時，我們的目標就只有一個，就是……姦殺、虐殺島上的女人。

我有想過，我為什麼沒有像其他男人一樣完全失去理智，我甚至在碼頭拯救了那個女生。

看著她的身體，我的確是有一種想佔有的慾望，不過，我不像其他男人一樣，完全沒法控制自己。直至她們的遊戲開始，沒有再注射「螺旋改」的我，甚至開始逐漸恢復人類的道德意識，我開始覺得嗜慾男殘殺女生非常討厭，我決定了要出手對付他們。

在地上的四具屍體，沒有一具是完整的，全都被我……肢解。

我沒有忘記我的名字，我叫……泰志玄。

我看著手上一台手機，不知是那個死去的女生掉下的，我知道在島上的女生是在參加著一場又一場遊戲。

這天，她們將會……大開殺界。

《有時，與眾不同，才是被排斥的真正原因。》

Chapter #17 - Libido Boy #2

嗜慾男2

森林區內。

「去死！去死！去死！去死！」

一個女生不停在森林區內掃射，四五個嗜慾男成為了她的洩憤工具。

我爬在樹上，看著她們，我沒有被發現。

雖然我也是其中一個「嗜慾男」，但看到同類被射死，一點也沒有痛苦，反而有點興奮。

「小心啊！」

我看到剛才掃射嗜慾男的女生，背後出現了一群嗜慾男，她們三個女生沒有注意後方，嗜慾男已經一湧而上！

三個女生成為了他們的「食物」。

我不喜歡女生被姦殺的畫面，我有想過去救她們，不過，這次的對手太多，我一個人根本沒法對付。

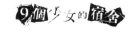

我突然在想，還有沒有嗜慾男像我一樣的呢？如果有，這樣我們不就可以合作？

其中一個女生的手臂被扭斷，發出了痛苦的慘叫。

我沒法繼續看下去，決定四處再看看。

當然，我也要小心，因為我也是她們的目標之一，為了十分鐘的爆炸延後時間，我也成為了「獵物」。

為什麼我會知道？因為，我手上的手機。

怎樣才是「正義」的一方？

為了得到延後時間，殺死嗜慾男的女生？

還是沒法控制自己的嗜慾男？

根本沒有「誰才是正義」。

就像國家與國家之間的戰爭，那一方才是正義的？殺死數百萬猶太人的希特拉？還是殺死德國士兵的其他將士？

只有勝利的人才是「正確」的一方。

「嘿。」

我笑是因為，我沒想到我竟然在「思考」。

離開森林區，我來到了地圖上的神秘遺跡區，就像是吳哥窟的遺跡，四處都是古老鏡像對稱的舊式建築。

另一隊女生正在休息，看她們單眼皮的樣子，一看就知道不是南韓人就是北韓人。

她們在聊天，我不是聽得很清楚，因為我不能太接近她們。她們好像正在聊著殺死了幾多個嗜慾男。

我現在的角色，好像是一個監視者一樣，我看過那台手機上的資料，知道她們是從不同的地方來參加遊戲，不過，看來她們不是「自願」的，就好像我一樣，最初也覺得成為實驗品也沒什麼，但後來後悔了。

我手上這台手機是在神殿附近拾到的，它在一大堆屍體之中響起，我就拾回來，看著被炸到血肉模糊的屍體，不難想到是發生過爆炸，不過這台手機真的不得了，完全沒有被炸毀。

地圖中已經沒有我手上的手機位置，可能代表原本擁有這部手機的人已經死去，不會顯示我的位置，不過，地圖上還顯示著香港地區住宿者的位置。

有六個人。

我跟隨著她們的位置，來到了北塔。

我再一次見到……在碼頭拯救的女生！

她們走進了塔內，這座圓柱形的塔高聳入雲，每三層就有一層是瞭望台，她們為什麼要走入塔內？

我在遠處看著，她們來到了三樓的瞭望台。

我看著手機，地圖上另外兩個點在快速地移動到北塔，大約三分鐘後……

「詩織！快！就到了！」

北塔左方，兩個女生正快速跑向北塔！

在她們身後，至少有十個嗜慾男追著她們！

「奕希！詩織！快來！我要關上門！」另一個在北塔門前的女生大叫。

她們終於走入了北塔內，大門關上，十多個嗜慾男想從門走入北塔，門卻被鎖上！

「砰！砰！砰！」

就在此時，在三樓瞭望台的女生，開始向塔下的嗜慾男開槍！

不只這樣，還有人用火槍向著塔下噴發！

聰明！

她們是引他們過來，然後從高處射擊，這樣就不會有危險！

《你能掌握一切？其他，一切都在，意料之外。》

嗜慾男3

Chapter #17 - Libido Boy #3

我一直看著她們。

大約一小時內，她們來回走了三四轉，在塔下至少已有二三十具嗜慾男的屍體。

「看來，她們已經不當嗜慾男是……人。」我在自言自語。

我已經看了一個多小時，我的確有想過走過去跟她們說我是「正常人」，不過，看來會非常危險。

我看著塔上的那個女生，她向著我的方向看過來，當然她沒有真正的看到我。

「我們會再見面的。」我又在自言自語。

天色已經開始暗，我決定了下一站的行程。

突然間，我覺得全島的人都瘋了，只有我一個人是清醒的。

我離開北塔，然後決定向島上的宿舍前進，我的行動要非常小心，因為現在還有很多人想殺死嗜慾男。而且四處也是攝錄機，雖然攝錄機的目標只有那些女生，不過我還是要小心，不能被他們發現我的行徑。

我用了三十分鐘來到了宿舍的附近，頭開始有點痛，因為我隱約聽到刺耳的高頻聲。

「Yin……」

他們就是用這種高頻聲，讓嗜慾男沒法接近宿舍的範圍，被注射過「螺旋改」的人，會對高頻聲非常敏感，甚至會因為耳膜被刺穿而死。不過，可能「螺旋改」的藥性對我已經慢慢失去作用，我沒有早前那樣對高頻聲那麼敏感。

宿舍純白的外牆，加上綠化的環境，跟島上其他地方比較就如天與地，甚至是天堂與地獄的分別。

正當我想走入宿舍之內，我在另一棟員工的建築物上，被一個黑修女發現！

在她的胸前掛著一個名牌寫著……「2695」。

「你……」

我快速走上前掩著她的嘴巴：「別吵！我不會傷害妳的！」

她還是在掙扎！

「我跟其他嗜慾男不同！我有自己的意識！我才不會咬妳！不會吃妳！」

她慢慢回頭看著我，我給她一個微笑。

「你……你是正常人？」她問。

「對！藥力在我身體上消失了！我不會傷害妳！」

我慢慢放手，她也冷靜了下來。

她看著我，又突然大叫，她用手掩著自己的嘴巴！

「妳又叫什麼？」

「你……你……裸體……」她不敢正視我。

「我還以為妳會欣賞我一身肌肉。」我笑說：「來吧，跟我來！」

「你想帶我去哪？我才不會給妳……」

「不是！我想知道整個遊戲跟宿舍的事！」我說。

「為什麼？」

「我要……報仇！」

「不要！我只想好好地工作！不想理會其他事！」她說完想走：「我不會說有見過你的！再見！」

我看著她手臂上無數的針孔。

「妳也是被『控制』嗎？要一直注射什麼藥物嗎？」我認真地說：「妳不想永遠再也不被

控制？找出解藥？」

她在猶豫著。

我雙手搭在她的肩膀上。

「妳真的想這樣嗎？妳真的一點感覺也沒有？嗜慾男被製造出來、那些女生被人擺佈，還有妳！妳真的只想好好地為那些人渣工作嗎？」我說。

她看著我。

「2……2695對吧？」我說：「她們連名字也不給妳，只給妳一個數字，妳真的認為值得為這些人工作？」

她沒有回答我，只是眼中泛起了淚光，一個委屈的眼神。

她就像跟我說：「我想的嗎？！我要工作，才可以生活，甚至生存下去！」

不過……

「如果妳覺得一切都是正常的，妳回去工作吧，不過……」我指著天空：「妳會後悔，曾經做過這一切，或者妳不是主謀，但妳在協助她們去傷害其他人！妳也是其中一份子！妳也是其中一個人渣！」

她認真地看著我，然後點點頭。

「我跟你走。」她說：「但你可不可以……先穿回衣服……」

我笑了。

《為了你的工作，你不是在欺騙，甚至傷害別人嗎？》

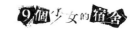

Chapter #17 - Libido Boy #4

嗜慾男4

第三天遊戲開始。

生還人數——

中國	**6人死亡**	**6人生還**
南韓	**0人死亡**	**3人生還**
台灣	**5人死亡**	**5人生還**
日本	**4人死亡**	**6人生還**
北韓	**2人死亡**	**4人生還**
香港	**1人死亡**	**8人生還**

全島生還人數32人。

Pharmaceutical Sickdom
00 — XX IVO
Fentanyl Transdermal

在第二天休息日中，殺戮嗜慾男數目——

中國區代表殺戮24個

日本區代表殺戮52個

南韓區代表殺戮130個

北韓區代表殺戮16個

台灣區代表殺戮31個

香港區代表殺戮42個

組別	生存人數	所需時間（分鐘）	佔領數（分鐘）	殺戮數（分鐘）	尚欠
中國區	6	2,880	480	240	2,160
日本區	6	2,800	480	520	1,880
南韓區	3	2,800	960	1,300	620
北韓區	4	2,800	480	160	2,240
台灣區	5	2,800	240	310	2,330
香港區	8	2,800	720	420	1,740
總數	32	-	-	-	-

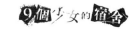

只有三位代表參加的南韓代表，依然一枝獨秀，昨天殺死了過百個嗜慾男，繼續成為遊戲的大熱門。

第二天休息日也有五個住宿者死去，慶幸地，香港區代表沒有損失任何一員。

第三天的遊戲名為「宿舍防衛戰」。

宿舍範圍內的高頻發音裝置將會全部關上，而且在宿舍內還會噴出吸引嗜慾男的香味，這代表了嗜慾男將會大量包圍與入侵女子宿舍。

同一時間，宿舍已經完全解除安全狀態，除了嗜慾男以外，住宿者也可以……互相殺戮。

殺死一位其他地區的住宿者，可以得到四小時，即二百四十分鐘的爆炸延後時間，比如香港區代表，殺死八位其他地區的住宿者，就可以在七天遊戲完結前不被頸鏈上的微型炸彈炸死。

還有一個最重要的「環節」。

六個館內都有一個重要的「佔領之物」，只要得到一個其他區的「佔領之物」，便可得到八小時，則四百八十分鐘的時間。「佔領之物」是一隻粉紅色的貓公仔，住宿者要隨身攜帶，當然，可以由任何人攜帶。

遊戲時間在晚上八時開始，直至凌晨兩時結束。

音頻關閉十分鐘後，晚上，七時五十八分。

全島的嗜慾男已經包圍著女子宿舍的範圍，數目是二百？五百？一千？

就如喪屍電視劇一樣，嗜慾男完全沒有理智可言，遊戲時間還未到，已經一窩蜂衝向宿舍！

雖然宿舍的範圍非常大，不過嗜慾男的數量實在太多，三十二位生還的女生，根本不可能正面攻擊，而且在休息日中她們已經耗盡大部分的子彈，現在她們最好的生存方法，就是……躲到沒人找到的地方，等待六小時過去。

當然，不是每一個人都是這樣想。

一號館三位南韓代表。

她們三個女生在天台上看著洶湧而至的嗜慾男，三個人都穿上了韓國校服，短裙在風中飄揚。

「慧希，這次好玩了。」南韓女生說。

「嗯。」慧希微笑。

她的手上除了拿著一把特製的雙頭刀，還有一隻粉紅色貓公仔。

或者，她們是所有人之中，最真正享受「Welcome To Our Game」的人。

……

……

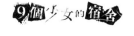

另一邊廂。

三號館女子宿舍。

香港區四位住宿者與台灣區三個住宿者正在對峙。

她們要在遊戲一開始就大開殺戒？

不，才不是。

聖語跟對方交換了手上的……粉紅色貓公仔，這代表了兩區的人都可以立即得到四百八十分鐘的時間。

「合作」。

這是靈霾的想法，她們拒絕了慧希合作，因為她們都知道，慧希不會是一個有信用的「合作伙伴」。而這隊台灣代表，就由第一位女生在開幕儀式行刺女神父而被炸死開始，靈霾覺得她們應該都有同樣的「想法」——

「她們不會享受遊戲，同時痛恨宿舍這個組織」。

聖語、靈霾、月晨、靜香四人留守三號館，而可戀、奕希、詩織、天瑜四人到台灣宿舍二號館支援，同時台灣代表也派出了三人來到三號館。

Pharmaceutical Stardom
00 — XX IVO
Fentanyl Transdermal

二號館內。

「完成交換。」可戀聽著藍芽耳機，然後跟其他人說。

「合作愉快！」一位台灣女生想跟她們握手：「我叫方季嘉。」

「沒必要互相介紹。」詩織拔出了武士刀：「我們的敵人快來了。」

時間正好來到八時，遊戲開始。

她指著窗外，那群急不及待的嗜慾男，瘋了一樣衝向女子宿舍！

《在求生的環境，誰有資格判斷別人的對錯？》

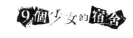

Chapter #17 - Libido Boy #5

嗜慾男 5

「女人！我要女人！女人！」

音頻聲音消失，加上宿舍內噴出吸引他們的香味，嗜慾男就像喪屍一樣衝向宿舍！

在四號館中國區宿舍，已經聽到了機關槍掃射的聲音！

可惜，嗜慾男的數量太多，就算她們在二樓掃射殺死不少嗜慾男，也沒法阻止大量的嗜慾男衝入宿舍！

另一邊的五號館宿舍，日本區的六個代表，決定了分開行動，她們覺得集合在一起會非常危機，甚至會全軍覆沒，所以她們都躲到不同的宿舍樓層，希望可以把分散的嗜慾男逐個逐個對付！

最後，六號館的北韓區宿舍代表，她們完全不怕，已經在宿舍內裝好了陷阱，就算犧牲，她們都是覺得為國家爭光！

五分鐘後，宿舍的女生已經跟嗜慾男碰上！經歷了兩天的殺戮，她們已經變得更狠心，就像當自己在玩遊戲一樣，只要把敵人殺得愈多，可以得到愈多分數！

二號館內。

三個嗜慾男已經走上了二樓，他們追著奕希！奕希快速地逃走，就在她經過兩道房門之時，左右兩邊月晨與靜香從房間突然出現，她們手上的刀與斧頭插入了兩個嗜慾男的心臟！

奕希立即回身，棒球棍擊中最後一個嗜慾男的頭顱！

她一踢把嗜慾男踢開，同時拔出軍刀，插入他的身體！血水像泉水般噴出！

她們三人互相看了一眼，然後點點頭，她們又再移動到另一個地方，繼續她們的合作行動。

嗜慾男數量的確是多很多，不過，他們只有獸性，完全沒有理性，而宿舍的女生人數很少，但她們卻懂得利用戰術與合作，去對付大量的嗜慾男。

自古以來，人類就是因為懂得利用腦袋，才可以成為萬物之靈。

在「宿舍防衛戰」的頭一小時，各區的宿舍女生都佔了上風，她們利用宿舍的環境，不斷在嗜慾男沒有注意時發動攻擊，而且嗜慾男進入宿舍之後，都開始分散，讓宿舍的女生更容易對付他們。

一小時內，宿舍女生沒有任何一位死亡。

不過，她們的敵人不只是嗜慾男，還有……其他地區的住宿者！

四號館。

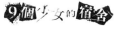

「阿玲！」中國區代表大叫。

她的隊友阿玲，左眼被一支弩箭貫穿，從後腦穿出，當場死亡！

嗜慾男不可能懂得用弩！殺死她的人，是另一區宿舍的女生！

本來在一號館的南韓隊，已經來到了四號館中國區的女子宿舍！

「發……發生什麼事？！」

女生驚魂未定之際，一隻手臂已經從後箍著她的頸！然後就是一下清脆的割喉聲……女生再也不能說話。

「Bingo！又殺一個！」她用藍芽三人會議對話。

她是韓國區的代表，剛才射出弩箭的那個也是，她們除了在第一場遊戲中得到不同的武器，還有因為人數少而得到不同的「優先用品」，當中包括了弩弓。

「沒辦法，對手太弱了。」射出弩箭的女生說：「慧希，妳已經到了三號館嗎？」

「差不多，中途遇上了嗜慾男，耽誤了一點時間。」慧希說。

「妳記得幫我跟聖語問好。」她說：「她離開後有點掛住她呢。」

帶著弩弓的女生叫丁善喬，聖語在韓國曾跟她一組進行遊戲，如果說心狠手辣，她比慧希更可怕。

「放心，我一定會。」慧希看著前方的三號館說。

她的目標，就是香港區的代表。

《堅持太多的人，都分不清是愛，還是想贏。》

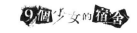

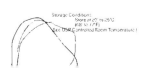

Chapter #17 - Libido Boy #6

嗜慾男6

「宿舍防衛戰」進入第二個小時。

中國、日本、北韓都有住宿者死亡，而台灣與香港因為合作的關係，她們還沒有任何的傷亡，一切來得非常順利。

她們還教台灣區的女生噴上除了女裝香水外任何有味道的噴劑，讓嗜慾男更難找到她們。

三號館內。

聖語與月晨在四樓，把一個嗜慾男殺死。

「他們已經上到四樓，不，應該說已經遍佈了整個宿舍的樓層。」聖語說。

在四樓的兩間房間中，不斷有人在拍門，在房內都是中了「陷阱」的嗜慾男，他們都被香水氣味吸引，然後被聖語反鎖在房間之內。

「好了，準備。」聖語說。

月晨準備打開房間的門。

聖語手上的長火槍已經準備好！

月晨插入了鎖匙，門立即被嗜慾男打開！

「全部給我去死！」

聖語的火槍向著房間內數個嗜慾男噴發！嗜慾男被火燒著，痛苦地大叫！月晨立即關上大門！

只能聽到他們痛苦的慘叫，再沒有人拍打大門。

「好，下一間。」聖語說。

就在此時，走廊的盡頭方向，出現另一個嗜慾男。

「先對付他吧。」月晨說：「我引開他，妳斬殺。」

「好。」

聖語放下了火槍，拿出了軍刀。嗜慾男看到她們兩個女生，瘋了一樣衝向她們！

她們已經對付這些赤手空拳的嗜慾男太多次，對於她們來說，只有一個沒用的嗜慾男，對付他綽綽有餘，他根本就是來送死！

「來這邊！」月晨打開了胸前的鈕扣：「妳不想要女人嗎？」

「女人……女人！」

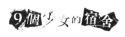

嗜慾男被月晨吸引，他背著聖語。

「來吧！最喜歡像你一樣的男人！」月晨跟她單單眼：「來給我快樂吧！」

聖語已經有足夠時間下手！

她在嗜慾男的背上準備劈下致命的一刀！

但她沒想到……

嗜慾男比她更快，轉身捉住她的手臂！

「什麼？！」聖語非常驚訝。

嗜慾男一拳轟在聖語的肚皮上！她的手放開，刀落在地上！

聖語痛苦倒地，她看著那個左眼有刀疤的嗜慾男，心中想，為什麼他會發現？

「你以為只有妳們會……『演戲』嗎？」這個刀疤嗜慾男竟然跟她們說話：「女人呀！女人呀！女人呀！我也會演吧，哈哈！」

月晨沒有理會她的說話，用刀插向這個嗜慾男！

他再次快速地避開！同一時間，他拾起了聖語掉在地上的軍刀，插入月晨的心臟！

「哈哈！我不喜歡跟死屍做愛，還是在妳死前給本大爺快活一下！」刀疤嗜慾男大笑。

同一時間，在走廊的樓梯，另外兩個嗜慾男走了上來！

「刀疤，不要『獨食』，我們一起來幹吧！」其中一個說。

「當然是大佬先，然後到我們！」另一個嗜慾男說：「不，還是三個一起來？」

不同……

完全不同！

這三個嗜慾男跟其他的不同，就像泰志玄一樣，擁有自己的思考，而且懂得溝通與使用武器！

「啊？！原來還有另一個！就來一場三皇兩后吧！」他看著聖語。

「走……快走……」月晨的嘴流出了血水，只能做出一個口形。

同一時間，那間房的門快要被房間內的嗜慾男撞破！

聖語知道自己已經沒法拯救月晨，而且另外兩個嗜慾男手上拿著武器，她只能夠……逃走！

聖語立即逃走！

「別要走！跟叔叔玩玩吧！」兩個嗜慾男追著她。

月晨倒在地上，血水已經染滿了她的上衣。

她的眼睛開始模糊，她只感覺到裙下的內褲被人用力扯了下來，然後身體不斷地搖晃。

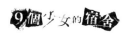

她的眼淚流下，她希望自己……快點死去……

忽然，她臉上出現了一個笑容，不是因為得到什麼快感而出現的笑容……

她回想起剛才她叫聖語逃走，而不是「救我」……

月晨從來也不會這樣叫人離開，她的生命中只會為了自己去傷害其他人，她沒想到，來到生命的最後一刻，她……希望聖語能夠活下來。

她……從來也不是這一種為人著想的人。

從來也不是。

在她死前的一刻，她知道自己……

改變了。

《為什麼不再傷悲？都只因痛改前非。》

Chapter #17 - Libido Boy #7

嗜慾男7

那年。

中環的一所咖啡店內。

「月晨妳就好了，做CEO的私人秘書，一定可以賺很多錢。」月晨的朋友說：「畢業後就妳一個人找到好工作。」

「才不是呢，這些高層很麻煩的，很難服侍。」月晨說。

「要用什麼『服侍』呢。」另一個朋友在奸笑。

「別亂想，才沒有！」月晨喝了一口咖啡：「我才不會出賣身體！」

「看看妳的新款Hermès手袋，我要工作一年才可以買到啊！」

「工作這麼辛苦，給自己一點獎勵而已。」月晨笑說。

當然，每個月沉重的卡數，都是因為月晨很喜歡買名牌。

她是一個貪錢的女生？

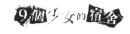

當然貪，但在這個物質社會中，誰不貪錢？誰不想擁有更多更多的錢去買自己想要的東西？大家都是為了「金錢」而生活。當買了什麼手袋、手錶、名車、限量版等等奢侈品，就會放上社交網絡上「炫富」。

為的就是要讓別人「羨慕自己的生活」。

這就是我們身處的物質社會。

當然，就是因為月晨小時候很窮，長大後她才會變得更喜歡「錢」。

她不會忘記，小時候經常有不同的男人來到她的家。

因為她的父親在月晨三歲時拋棄了她們兩母女，月晨媽媽要一手養大女兒。她的媽媽沒有任何的長處，只能依靠買肉來換取金錢。

在某一天，一位經常來的肥大叔從她媽媽的劏房房間走了出來。

「月晨在做功課？」肥大叔樣子猥瑣地問。

「對。」月晨說。

此時，月晨媽媽也從房間出來。

「肥佬別碰我女兒！快走吧！」月晨媽媽說。

「嘰嘰！等她長大一點，不如就兩母女來吧！」肥大叔淫邪地笑著。

「你去死吧！想也別要想！」月晨媽媽說：「快走吧！」

當時月晨才是小學生，當然，她不會什麼也不知道，月晨是知道那個肥大叔在說什麼。

她當時已經大概知道媽媽是為男人「服務」，不過，她沒法說出口。而且她明白媽媽是為了錢才會這樣做，所以月晨在小時候已經知道，長大後要賺很多很多錢。

「我才不會做妓女！」

她看著還在微笑的媽媽，心中說出這句說話。

最糟糕的是，媽媽做「一樓一」的事，已經傳到去學校，老師也曾召見過月晨的媽媽，月晨在學校被叫作「妓女的女兒」，甚至曾被男同學說一些性騷擾的說話。

她的童年，只活在痛苦之中。

她知道自己需要「錢」。

慢慢地，月晨變成了現在的自己，她需要用錢與名牌來彌補心中的缺陷。

每個人都有屬於自己的故事，為什麼會變成現在的「她」？一定是人生經歷過什麼不為人知的故事。

就像月晨一樣，長大後她不想變成媽媽一樣，她才會這麼想得到「金錢」。

她有錯嗎？

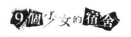

沒有，至少，她沒有真正傷害過別人。

當然，她自己不會這樣想，她覺得自己一直在傷害別人。

下午茶時間完結，月晨跟朋友分別離開。

她挽著她的 Hermès 手袋，自信地離開咖啡店。

在陽光燦爛的街道上，走屬於自己的路。

寫下屬於自己的故事。

《那個脆弱的心靈，都只因不幸的經歷。》

OUT

嗜慾男 8

第一批嗜慾男只是一群用來「吃子彈」的玩偶，而擁有自己思考的進化版嗜慾男知道，他們在遊戲進行了兩個小時後才出現，待她們的子彈也用得七七八八，現在才是最安全的時間。

他們不像只有性慾的嗜慾男，也不像泰志玄一樣還有道德觀念，他們比任何嗜慾男更可怕，就如「有思考能力的喪屍」一樣。

進化版嗜慾男數量不多，不過，他們卻比第一批嗜慾男更懂得什麼是「獵殺」，手上持有武器，力量也比普通嗜慾男驚人，只是略嫌沒法控制。

對於未能完全控制的「進化版」，宿舍主管會不會有什麼處理手法？

不，完全沒有，她們知道「螺旋改」還未完全成功，會再作改善；但進化嗜慾男令遊戲變得更好玩，投注的人更喜歡這一種「變數」。

投注額再次大幅上升。

就如股市一樣，如果每天都是小幅上升與下跌，股民才不會喜歡玩這樣的股票，只有大起大落，才滿足到人類貪婪的欲望。

遊戲時間來到第三小時，香港區代表已經知道月晨死去，而慶幸地，聖語成功逃出了魔掌，現在已經跟靈霾與靜香會合。

進化嗜慾男的出現，各區宿舍女生完全估計不到，包括了月晨在內，之後再有兩個人死亡，而且再多兩人被其他地區的人殺害。

兩人分別是二號館台灣區的住者者，另一位是日本區。

現在生存的人數——

中國8人死亡4人生還　**日本6人死亡4人生還**

南韓0人死亡3人生還　**北韓3人死亡3人生還**

台灣7人死亡3人生還　**香港2人死亡7人生還**

全島生還人數24人。

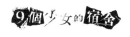

遊戲進入了膠著狀態，大部份的女生都決定先躲起來，因為出現了進化版的嗜慾男，再不像之前一樣好對付，而且也有隊員死於他們的手下，她們暫時都選擇按兵不動。

不過，不是每個人都選擇躲起來。

而且也不只是南韓區代表的住宿者才喜歡獵殺其他地區的人，日本區的成員也在尋找「目標」。

二號館。

「不……不要殺我……」台灣區的一位女生跪在地上求饒。

「給我一個不殺妳的理由。」日本宿舍代表問。

她穿上簡便的日本浴衣，粉色的浴衣已經沾滿了血水。在洞穴被殺死的女生所說，殺死她的人，就是這位女生，她叫長澤結衣。

「我不想死！不想死！」台灣女生說。

「理由不足，再見。」長澤結衣說。

在女生的額上開了一槍，台灣女生直接死亡！

突然，在左方飛來了一把匕首，在長澤結衣手臂擦過！

「誰？！」

一個身影在她的右方撲向她！長澤結衣手上的手槍走火，打中天花上的水晶燈！

「來替妳隊隊員報仇的人！」詩織把她制服於地上。

當然，詩織才不是真正想替那個在洞穴死去的女生報仇，她只想先發制人！因她們手上有那個死去日本女生的手機，所以知道日本代表已經入侵了二號館！

她們本來想拯救台灣區的那個女生，可惜，來遲了！

「奕希！」詩織叫著。

奕希一腳踏在長澤結衣的手臂上，她的手槍脫手！

可戀走到長澤結衣的眼前蹲了下來，手上已經緊握著軍刀。

「再見了。」可戀說。

「嘿。」被制服在地上的長澤結衣笑了。

「死前還要笑什麼？」詩織說。

「妳覺得只有妳們才有……支援嗎？」長澤結衣說。

「什麼？！」

「砰！砰！」兩下的槍聲。

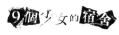

她話一說完，天瑜的手臂中彈！

《因為你，我嘗試成為一個更好的人。沒有你，我成功變成一個更好的人。》

Chapter #17 - Libido Boy #9

嗜慾男9

不到半秒，一個女生衝向可戀把她撞飛！長澤結衣同時有所行動，她把意料不及的詩織踢開！

長澤結衣快速爬起：「菜都代，快射死她們！」

「沒子彈了。」她把手槍掉走。

「現在二對四，我們有勝算嗎？」長澤結衣笑說。

「沒有。」澤谷菜都代說。

另一身邊香港代表，看著眼前的兩個日本代表。

「天瑜，沒事嗎？」可戀把天瑜扶起。

「很痛……」她用手掩著手臂上的傷口。

「看來我們要來一場格鬥了。」空手道黑帶的奕希，已經擺好了攻擊的姿勢。

詩織也拔出了武士刀。

「我說的沒有勝算……」澤谷菜都代奸笑：「不是我們勝不過妳們，而是……」

她給長澤結衣一個眼神。

然後，她們兩人一起從房間另一扇門逃走！

「而是我們沒法得到延後時間了！」澤谷菜都代說：「因為妳們將會死在他們手上！」

話一說完澤谷菜都代關上了門，然後用雜物把門頂著，把可戀她們反鎖在房間內！

可戀心知不妙，立即走到澤谷菜都代進來的門口看，剛才的兩下槍聲，其中一下是門柄被射爛，沒法鎖上大門！

而在走廊的方向，至少有二十個嗜慾男向著房間衝過來！

她們四人根本沒法對付這數量！

「我們快逃！」可戀說。

奕希走到澤谷菜都代關上了的門前，用力想打開，門卻鎖得死死的，沒法逃出去！

「上面！」奕希看著水晶掛燈的左面，有一個通風口。

奕希與詩織把一張桌子搬到通風口下方的位置，奕希踏上把通風口用力打開！

「他們快到了！」天瑜看著大門的嗜慾男。

「還有什麼可以擋著大門？！」可戀問。

「還擋什麼？！我們快逃吧！」詩織大叫。

奕希首先爬上去通風口。

「問題是……根本不夠時間全部人一起走！」可戀大叫。

「快上來！」奕希在通風口內伸出手。

在房間內，可戀、詩織與天瑜三個女生互相對望，二三十個嗜慾男已經快來到門前！

如果她們三個人都想一起走，時間都只足夠一個人爬上通風口，不過，如果有一個人願意擋在門前，至少有兩個人可以安全離開！

「我……我來吧！」她說。

大家也看著她。

「妳們要代我生存下去！」她說。

如果是在她入宿舍之前，沒有人會覺得是由她來犧牲，她甚至會第一個逃走。不過，經歷過這幾個月後，她知道自己已經改變了。

她把掩著傷口的手放下，然後雙手捉緊已爛掉的門柄！

天瑜用力地捉緊門柄！

「這……」

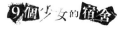

「快逃走！別要理我！」天瑜大叫。

「快上來！」奕希把手伸得更長。

可戀點頭，然後她捉住奕希的手爬入了通風口，嗜慾男已經來到，猛烈碰撞大門！

「快一點！」天瑜用盡全身的力氣擋著大門。

詩織也捉住她們的手，爬上了通風口！

「快點逃走！」天瑜看著通風口微笑：「我不想被他們蹂躪，我會選擇……自殺！」

天瑜手踭擋著大門，用手緊握胸前的頸鏈，她想讓它……爆炸！

「天瑜……謝謝妳……」可戀看著她點點頭。

然後她們三人一起由通風口爬走離開。

大門已經被瘋狂撞擊，天瑜快要支持不住。

「嘿。」天瑜苦笑：「不知道會不會很痛的呢。」

她深深呼吸，然後拔下頸鏈！

……

……

．

同一時間，在監察室內，數百台螢光幕中，有一台出現了雪花。
就是天瑜身處房間的那一台。
「閉路攝影機出了問題？」一位黑修女問。
「她自爆了，也許攝影機壞了。」
「明白。」
「通知直播部門，香港代表而多一人死亡，死者……蔡天瑜。」
……
…
.
從通風口離開的三人，來到了二號館的大廳，然後跳回地上。
她們聽到了不遠處的爆炸巨響，知道天瑜已經為她們犧牲了自己。
奕希緊緊握著那台日本代表的手機，兇狠地說：「天瑜妳放心，我們一定會為妳報仇！」

《只要能為你而犧牲，從來也不覺得不幸。》

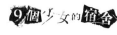

OUT

嗜慾男10

Chapter #17 - Libido Boy #10

遊戲來到四小時，晚上十二時正。

遊戲進入最後兩小時，除了天瑜死去，北韓代表再死一人，現在參加遊戲的生還人數餘下二十二人。

死亡人數超過一半。

不過，遊戲沒有因為死了一半人而停止，人數愈來愈少，代表了那個粉色的貓公仔「佔領之物」，就在餘下二十二人的手上。各區宿舍的代表，已經由對付嗜慾男改變為對付地區代表。

而且跟早前的遊戲一樣，她們的手機，同時在最後兩小時，出現了全部人的位置，這代表了，主持人也想她們……互相廝殺！

四號館宿舍。

「快……快交出那隻粉紅色的貓公仔！」

兩個北韓區代表，已經找上了中國區的代表，她們用槍指著中國代表的四個人。

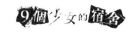

中國區代表手上已經沒有任何槍械武器，她們的處境非常危險。

「妳們……妳們不會殺我們？」中國區的女生說。

「只要……只要妳們交出貓公仔，我們就放過妳們！」北韓區的女生說。

中國區的四位女生在討論著。

「快！不然我們先殺妳們其中一個！」北韓區的女生說。

中國區代表其中一位女生，舉起雙手，慢慢走向她們，在她的手上正拿著一隻貓公仔！

她走到兩個北韓區女生的面前。

「快給我們！」北韓女生說。

「除了貓公仔……殺死我們每一個人也有延後時間，為什麼妳們會選擇不殺我們？」中國區女生說：「只有一個原因……」

她話還未說完，其他三個女生已經快速衝向兩個北韓女生！

「別要過來！我射死妳們！」

「來吧！」

原因只有一個，她們的手槍根本沒有子彈！她們只是在虛張聲勢！

中國區的女生沒有估錯！她們四個人一起向她們攻擊，而北韓女生的槍根本沒有子彈！

「想騙我們！別妄想！」

她把刀不斷插入她的腹部！她們好像已經習慣，無論是嗜慾男，還是參加者，她們已經……不再害怕殺人！

另一個中國女生，打開了北韓女生的背包，拿出了一隻粉紅貓公仔。

她們殺死了兩個參加者，還得到了對方的粉紅貓，延後時間大大增加！

而北韓區的兩個女生死亡，這代表北韓代表……

全軍覆沒！

三號館宿舍。

因為各區的代表的位置也出現在手機地圖，一直在找香港區代表的金慧希終於找上了她們！

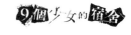

聖語、靈霾、靜香三人還在三號館內，慧希以一對三要殺死她們全部人！

慧希與聖語正在戰鬥之中，因慧希在韓國接受過軍訓，她的力量與技術也非常強，不過，聖語也不弱，她暫時跟慧希打得勢均力敵！

本來靈霾與靜香想去幫手，不幸的，她們已經分身不暇，因為那三個進化嗜慾男，已經找上了她們！

「手機可以看到妳們的位置真方便！」刀疤嗜慾男掉走了本來屬於月晨的手機：「這裡有四個，哈哈！這次是三皇四后了！」

「妳們朋友的腿真的很正！我操了她三次！」另一個進化嗜慾男說：「妳看，我切了她的一隻腳趾做紀念！」

他拿出一隻搽了綠色指甲油的腳趾：「我要收集妳們的腳趾！」

「還不來拿？」靜香舉起了守珠的斧頭。

自守珠死後，懦弱的靜香已經完全改變，她對付嗜慾男絕不手軟！

「我的腳趾很性感，快來！」

《不被需要，就是關係疏離的原因。》

嗜慾男11

Chapter #17 - Libido Boy #11

聖語與慧希沒法理會那些嗜慾男，因為她們正在互相廝殺中！

「看來妳又進步不少！」慧希高興地說。

「是妳變老了，手腳也慢了，不是嗎？」聖語笑說。

她們手上的刀短兵相接，發出了撞擊的聲音！當然，她們不可能全身而退，身上也出現了多處的刀傷！

聖語在半秒的空擋把慧希踢開！當她想揮刀劈向慧希之時，慧希看到她手上的傷口，她用力一抓，聖語的臉色痛苦！

聖語一刀落空，卻是慧希的最佳攻擊機會！

慧希的雙頭刀，插入聖語的背上！聖語立即吐出鮮血！

慧希拔出雙頭刀，想再一次插入背部同一位置，聖語立即把她推開！

「垂死掙扎是沒用的！」

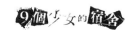

慧希向後退，再快速回到攻擊的位置，她準備一刀把聖語的頭劈下！

就在此時！

其中一個進化嗜慾男走了過來，偷襲慧希！

慧希立即避開他手上的鐵棒！

「真麻煩……」慧希看著那個進化嗜慾男：「討厭！」

「我有更討厭的武器呢。」進化嗜慾男指著自己的下體：「要不要用口嚐一嚐？」

慧希憤怒地盯著那個進化嗜慾男，她二話不說，快速移動到進化嗜慾男的身前！

「讓我嚐一口，可以嗎？我說我的……刀！」

她手起刀落，把嗜慾男的性器官切下！尿液與血液噴射而出！

慧希回身避開噁心的液體，躲到嗜慾男身後！

就在這沒有防範的一刹那，聖語衝上前攻擊慧希！

「擦！」

一切動作停止。

兩個人口吐出鮮血。

慧希在聖語還未揮刀之前，用雙頭刀穿過嗜慾男的身體，再插入聖語的身體！就像串燒一樣，慧希把他們兩人向前推！

「一起去死吧！」

慧希把刀拔出！聖語與嗜慾男雙雙倒地！

「跟美女死在一起，你滿不滿意？」慧希拾起被她切下的性器官，放入嗜慾男的口中：「要不要用口嚐一嚐？」

慧希蹲下來看著快要死去的聖語。

「在南韓時，我一早可以殺死妳。」慧希說：「其實妳已經活多了。」

聖語用一個痛恨的眼神的著她。

「放心吧，妳的香港朋友很快會來陪妳，多等一會。」

聖語用盡全力吐出一句說話。

「妳說什麼？」

「金……昌……鎮……」她說。

慧希聽到這個名字後，表情立即變得非常兇猛，她向聖語的身體再用刀插下去，即使聖語說完最後一句話後已經死去，她仍然猛力地插下去！

然後，慧希在自己的手臂上劃了一刀，她才冷靜下來。

她拿出了五元大小的圓形按鈕竊聽器，把剛才錄下來的對話洗掉。

金昌鎮究竟是什麼人？

為什麼慧希聽到他的名字時會情緒失控？

或者，現在只餘下她一個人知道。

另一邊廂。

靜香跟進化嗜慾男正在打鬥，可惜力氣沒嗜慾男大的她，正處於下風。

「我最喜歡抗拒我的女人，愈抗拒我愈興奮！」他說。

「變態。」靜香冷冷地說。

她知道自己不能以力取勝，靜香決定用另一個方法！

進化嗜慾男再次衝向靜香，這次靜香沒有揮動斧頭，她拿出了一支噴霧劑！

她避開了嗜慾男，然後在他身上噴出噴霧，嗜慾男回身，看著靜香！

「這是殺蟲水，專用來殺死像你一樣的害蟲！」

靜香的斧頭已經脫手，換來的是一個打火機！她一面噴殺蟲水一面點火！嗜慾男立即被燒著，痛苦地大叫！

靜香二話不說，就在嗜慾男痛不欲生之際，再次拿起斧頭，雙手用力一揮！

嗜慾男的頭顱已經掉在地上。

靜香冷冷地看著他的頭顱。

「應該不要砍下你的頭，先讓你痛苦一下。」靜香說：「下次我一定要你們更加痛苦地死去！」

靜香轉身就走，她已經不再害怕任何的嗜慾男！

靈霾那邊。

她正跟那個殺死月晨的刀疤嗜慾男進行追逐戰！靈霾已經在宿舍內設下了陷阱，她就是想引嗜慾男走到她佈下陷阱的地方。

她走過宿舍的接待處，只要嗜慾男踢到地上的繩，一把斧頭就會從後方飛向他！

「美女！別要走！」

靈霾來到了佈置陷阱的位置，然後回頭，刀疤嗜慾男已經踢到陷阱的裝置，一把斧頭從後飛向他！

「成功了！」靈霾心想。

不過，她的喜悅只能維持半秒，刀疤嗜慾男沒有被斧頭劈到，他甚至把飛向他的斧頭接著，

據為己有！

「我沒跟妳說嗎？我曾經是奧運代表運動員，妳覺得這些陷阱可以難到我嗎？」他奸笑。

靈霾用力握緊手上的刀，她知道現在只好跟他拼了！

《總有些人與事，要用消失來證明他的珍貴。》

嗜慾男12

Chapter #17 - Libido Boy #12

那年。

「聖語，妳看這廣告說可以免費住宿！」朋友給聖語看著手機上的短訊。

「什麼東西？」她看了一看把手機還她：「這樣都相信嗎？都只是騙人的廣告！」

「不如我們去面試？」朋友說。

「才不去！浪費時間！」

「妳蹲在家又找不到工作，不也是浪費時間？」朋友說：「就當是陪我去吧！」

兩位失業的女生，正想找份合適的工作，可惜，應徵了十份以上，也沒有任何通知上班的消息。

她們學歷不高，又沒有一技之長，要找到合適的工作非常困難。她們試過去做某些夜總會的「陪坐」，不過，聖語不喜歡被陌生男人碰的感覺，更何況，不「上床」根本沒有更好的收入，她最後也沒有做下去。

男人用錢買青春，女人用青春去換錢，在這個社會中已經變得很正常，不過，不是每個人都能夠接受。

最後，聖語答應了朋友去面試。

觀塘某工業大廈，沒有門牌的單位內，面試的場地。

「何小姐，妳為什麼想入住我們的宿舍？」中年女人問。

聖語本想說是陪朋友來，不過她覺得都是假的廣告，她索性說出自己心中的說話。

「我就是想知道為什麼會有免費宿舍，你們是不是想騙錢？」聖語說：「雖然我窮，不過你們是騙不到我的，我去偷去搶也不會相信會有這樣的『免費午餐』。啊？不如我就向各大媒體揭發你們騙錢的行為！」

「妳是在勒索我們嗎？」中年女人問。

「對！勒索妳們又如何？」聖語奸笑：「在賊人身上偷錢，根本一點都不過分！」

入宿只要三個條件。

一、二十五歲以下少女；

二、貧窮；

三、貪婪。

幾個面試官也在三個條件上加上剔號。

最後，聖語與她的朋友成功入住今貝女子宿舍。

最初聖語只是陪朋友入住，沒想到，經歷了一場又一場人性的遊戲。

因為聖語的性格比較強悍與狠心，她一直也在遊戲中勝出，不過在一次遊戲中，那個跟她一起入住的好友被殺死。

「花！別要死去！」聖語抱著她。

「聖語……謝謝妳陪我入住宿舍，把妳……把妳也拖下水……真的對不起……」朋友花說。

「別要說這些！」

「妳要繼續生存下去……替我生存下去……」

這是花最後的一句說話。

從那天起，聖語就決定了繼續入住，而且要不斷贏下去！她要調查今貝女子宿舍背後不為人知的事！她要找出宿舍的幕後黑手，替花報仇！

就在某一天早上。

女神父親自約見聖語，她提出了交換生的要求。

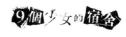

「沒問題，我去！」

聖語一口答應，她想在其他地方，找出更多有關今貝女子宿舍不為人知的事！

她看著微笑的女神父。

聖語知道女神父都只不過是「高級的傀儡」，一定有更高級的人在控制著整個宿舍集團！

「我一定可以……生存下去！」

聖語奸笑了。

這是她對好友的承諾。

她一定要做到。

《不能為你而生，卻能為你而死。》

OUT

Chapter #17 - Libido Boy #13

嗜慾男13

三號館的宿舍入口。

刀疤嗜慾男已經把靈霾迫到牆角，靈霾的手臂出現了一條長長的疤痕，手上的刀也被刀疤嗜慾男打飛。

「白滑的皮膚上流出紅色的血水，我最喜歡！」刀疤嗜慾男高興地說：「我不幹死屍，我先把妳雙腳砍下，然後妳就沒法走了，我就可以大幹特幹！哈哈！」

靈霾深呼吸，然後她把自己的上衣脫下，刀疤嗜慾男沒想到她會有此舉動。

「別殺我，我給妳，但你要放過我。」靈霾說。

靈霾本來的職業，就是用身體換取金錢，她不像其他女生一樣，太介意自己的身體與工作。

「我會給你最好的服務。」靈霾指著自己的嘴巴：「別劈下我的腳，我還可以用腳，你一定會喜歡的。」

「腳……腳交……」刀疤嗜慾男想起下體也勃起。

靈靈脫下了短褲，全身也只餘下內衣。

「在這裡吧。」靈靈坐到了一張桌子之上，擺出一個誘惑的姿勢：「我一直給你服務，只要你不要傷害我就好了。」

刀疤嗜慾男吞下了口水，他看著這個性感尤物，已經按捺不住。

他掉下了手上的武器，然後走到靈靈身前，雙手捉住她的雙手，用舌頭在靈靈身上游走，靈靈發出了呻吟的聲音。

「我忍不了！來吧！」刀疤嗜慾男脫下靈靈的內褲。

「要不要先嘗嘗這個。」靈靈點點自己的小嘴巴。

「妳真懂事！快來吧！」

刀疤嗜慾男把她拉到地上，捉住她的頭髮，靈靈看著那惡臭的那話兒。

「來吧！來吧！」

靈靈首先用舌頭輕輕地舔著，然後……

「咔擦！」

她用力地咬下去！鮮血從她的嘴巴滲出！刀疤嗜慾男的表情在半秒內由愉快變成了痛苦！

「吐！」

靈霾吐出了那話兒，她的下一個動作就是拾回刀疤嗜慾男的刀，向他攻擊！

刀疤嗜慾男下意識向後閃避，卻沒辦法完全避開，他的胸前出現了血痕！

「妳……」

「去死吧！」

靈霾雙手緊握軍刀，一刀插入刀疤嗜慾男的胸前！

嗜慾男痛苦地跪下！刀還插在他的胸上！

靈霾最清楚……「男人的弱點」！

無論是嗜慾男，還是正常的男人，都沒法抗拒「女人身體的誘惑」！

刀疤嗜慾男倒下，靈霾再次把內褲穿上，她看著已經淹淹一息的刀疤嗜慾男，然後吐出帶血的口水。

「你是我遇過最噁心的客人。」

她說完後轉身穿回自己的衣服。

靈霾知道自己不能夠死去，無論用什麼方法都要生存下去，是為了替好友報仇，還是要保護在宿舍認識的朋友，她也要生存下。

她把短褲穿回來，就在她伏下身之際，她聽到……

「很噁心嗎？妳……收開多少錢一次？」

刀疤嗜慾男還沒有死！他拔出了胸前的軍刀，向靈霾背揮下！

血水……

噴到半空，就如拍攝水滴的慢動作一樣，從半空慢慢落下！

靈霾沒想到，自己將要死在這裡！

《最噁心的人，不在外表，而是內心。》

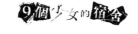

Chapter #17 - Libido Boy #14

嗜慾男14

很靜。

好像沒有任何的聲音，然後她聽到了倒下來的聲音。

靈霾害怕得沒法回頭，她的心跳得很快，心中在想，我已經……死了嗎？

「許靈霾！」

突然，她聽到有人叫著她的名字，是一把……男人的聲音！

來到島上，她只聽過兩把正常男人的聲音，一個是尼采治，而另一個……

她回頭……刀疤嗜慾男已經倒在血泊之中，他額頭上插入了一支飛過來的螺絲批！

「妳……妳沒事嗎？」

她慢慢地抬起頭看著他……他是……泰志玄！

泰志玄救了靈霾！

靈霾看著他，泰志玄已經穿上了衣服，感覺跟其他的嗜慾男完全不同。

「你……你怎知道我的名字？」靈霾問了一個很笨的問題。

「手機！我拾到妳朋友的手機，上面有妳們的個人資料！」泰志玄拿出了手機給她看。

「你……」靈霾驚魂未定。

「聽我說！」泰志玄撕破外衣一部分替靈霾包紮手臂：「我已經知道妳們一直以來發生的事！」

然後泰志玄在靈霾的耳邊說：「我們會幫助妳們，甚至跟妳們一起對付那些修女！」

「我……我們？」

泰志玄給她一個安靜的手勢，她看著靈霾頸上的頸鏈，然後泰志玄指向一處閉路電視沒法拍到的宿舍大門外。

靈霾看到……呆了。

本來，在正常的生活中，這個畫面經常出現，不過，在遺忘之島卻從來沒出現過！

除了泰志玄，還有一群穿上衣服的男人在門外看著她！

「你先穿回上衣。」泰志玄笑說：「找個地方我再跟妳說清楚吧！」

靈霾點頭。

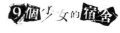

她除了看到一群「不應該存在的男人」以外，她好像還看到了……**希望**！

泰志玄在她的耳邊再輕聲地說話，靈靈點點頭。

就在此時，泰志玄拿出了另一支螺絲批，他……

插入了靈靈的身體！

「你……」

「哈哈！騙到妳了！」泰志玄奸笑：「妳不是很喜歡服侍男人的嗎？現在我要妳服侍我們全、部、人！」

泰志玄拖著靈靈離開了宿舍三號館！

他……真的要這樣對付靈靈嗎？

「Yin……」

宿舍範圍再次出現高頻聲，還在宿舍內的嗜慾男逃走的逃走、痛苦的痛苦、死去的死去，他們已經沒法再次留在宿舍範圍之內。

這聲音同時代表了「宿舍防衛戰」的結束。

在第三天遊戲中，生還人數只餘下十八人，靈靈被泰志玄帶走，只留下了手機，本來被定為失蹤的她，因為頸鏈顯示她已經沒有心跳，最後被改為「已經死亡」，這代表了，香港區代表死去四個人，跟北韓一樣，都是在第三天遊戲中，死亡人數最多的隊伍。

而北韓已經全員死亡，代表了她們已經沒法贏出遊戲，而南韓隊還是最強的隊伍，三日內，一個隊員也沒有死去。

餘下的十八人將會在後天進行第三場遊戲。

根據積分時間表，一個嗜慾男等於十分鐘、一個地區代表等於二百四十分鐘、佔領之物等於四百八十分鐘，計算出最後的延後時間。

中國	**8人死亡**	**4人生還**	**殺23個嗜慾男**	**獲得1個貓公仔**
日本	**6人死亡**	**4人生還**	**殺40個嗜慾男**	**殺害1位住宿者**
南韓	**0人死亡**	**3人生還**	**殺62個嗜慾男**	**殺害3位住宿者**
北韓	**6人死亡**	**0人生還**		
台灣	**8人死亡**	**3人生還**	**殺18個嗜慾男**	**獲得1個貓公仔**

香港　4人死亡　4人生還　殺32個嗜慾男　獲得1個貓公仔

生還人數18人。

《誰最在乎你的死，那個人就是你最值得珍惜的人。》

組別	生存人數	所需時間（分鐘）	佔領數（分鐘）	殺戮數（分鐘）	宿舍防衛戰（分鐘）	尚欠
中國區	4	2,880	480	240	710	1,450
日本區	4	2,800	480	520	640	1,240
南韓區	3	2,800	960	1,300	1,340	-720
北韓區	0	2,800	480	160	-	-
台灣區	3	2,800	240	310	660	1,670
香港區	4	2,800	720	420	800	940
總數	18	-	-	-	-	-

Chapter #17 - Libido Boy #15

嗜慾男15

六個地區，北韓區被淘汰，另外南韓已經獲得足夠的時間，可以延後到遊戲完結，頸鏈不會爆炸。

一至六號館宿舍已經再沒有嗜慾男出現，大批的黑修女來到宿舍內清理遊戲過後的現場，各地區代表也被告知不能再殺戮其他地區代表，回到自己的宿舍之中。

跟第一場遊戲一樣，第四天為休息日，到第五天才會進行新的遊戲。

三號館宿舍內。

本來最多人生存的香港區代表，現在只餘下四個人，她們還欠九百四十分鐘，大約是十六小時，才可以在七日遊戲完成前不被炸死。

靜香、可戀、奕希與詩織在宿舍的休息室中。

「我們……還可以活到最後嗎……」奕希洩氣地說。

怎說靈霾也是她跟靜香在宿舍認識的最好朋友，現在她的離開，是一份沉重的打擊。

「可以的，一定可以。」靜香在鼓勵著她，同時鼓勵著自己。

「再沒法吃到她做的菜了。」可戀看著廚房的方向，她想起了月晨。

「妳們還要消極下去嗎？」詩織站了起來：「我們現在能夠活下來，多多少少都是她們的幫助與犧牲，無論是月晨、天瑜、靈霾，還是新認識的守珠和聖語！」

她們三人一起看著這個年紀最輕的女生。

「我才不會像妳們一樣消沉下去，我一定要贏出遊戲！」詩織把武士刀拿起：「還有，找出幕後的黑手，然後替她們報仇！」

「妳說得對！」奕希也站了起來：「不能這樣就洩氣！餘下的時間我們一定可以贏出！」

靜香沒有多說話，她站起來，拿著守珠留下的斧頭，奕希也捉著那把斧頭，然後是詩織。

他們三人一起看著可戀。

「沒辦法了。」可戀也拿著斧頭。

「我們四個要生存下去，替死去的朋友報仇！」靜香說。

「好！」奕希大叫。

詩織也點頭。

「我明白妳們的心態，不過，如果……」可戀低下了頭說：「如果還是要殺死那些嗜慾男來換取時間，我真的不知道還可不可以捱下去。」

的確，其他女生來到遺忘之島後，都已有所改變，但對於可戀來說，她還未能完全接受這一種廝殺的場面，就算，那些嗜慾男根本不是人，就當是打機也好，她還是未能接受殺人的感覺。

她有點怪責自己，在這三天的時間，沒什麼可以幫得上忙。

「我明白妳的感受。」奕希拍拍她的肩膀。

就在此時，她們的手機同時響起。

「親愛的十八位宿舍女生，辛苦妳們了，第四天為休息日，妳們不用再殺任何的嗜慾男來換取時間，是真真正正的休假。在遺忘之島上的嗜慾男，將會於第四天『消失』於島上，妳們可以到島上四處遊玩，不用擔心會受到攻擊。

同時，我們亦不允許地區代表互相廝殺，妳們十八人將要齊齊整整一起參加第五天的遊戲，在此，先向大家預告，第五天的遊戲不再是『殺戮』，將會是一場……

鬥智與信任的遊戲！Welcome To Our Game!」

她們一起讀著手機的內容。

「嗜慾男在島上消失？她們是怎樣做到的？」奕希問。

「她們能夠讓嗜慾男出現在宿舍範圍，同時又可以趕走他們，一定有他們的方法。」

靜香說。

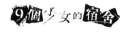

「可戀，妳怎樣了？」詩織問。

剛才她憔悴的面容突然改變，出現了自信的表情，因為她知道下一次的遊戲將會是「鬥智」！

「這次到我發揮了！」她終於握緊斧頭：「請妳們相信我，我們一定可以安全離開這個島！」

她們四人再次握著斧頭。

「一起……生存下去！代死去的朋友……生存下去！」

生物科技試驗場的地下室。

「她」一個人在喝著紅酒。

「赫卡忒，我們已經準備好第五天的遊戲，將會用那位作家設計的遊戲進行。」香港區女神父說。

「期待。」赫卡忒看著女神父的視像：「對，今屆遺忘之島的遊戲完結後，我想跟妳們見面♡❤。」

「當然沒問題。」

「不是像現在一樣用投射影像見面，而是我想用真身出現在妳們的眼前♡❤。」她說。

「這是……真的嗎？」

「沒錯，到時妳就知道我真正的身份了♡❤。」赫卡忒說。

「太好了！謝謝赫卡忒恩賜！」

「BYE！♡❤」

影像消失，地下室再次靜了下去。

「媽媽，我終於要來一次了結。」她看著相架內的照片。

照片是一個漂亮的女人，還有一個三四歲的小女孩。

「不知道她們見到我，會不會很驚喜呢？嘻！♡❤！」

這個最高權力的赫卡忒究竟是誰？

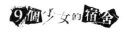

她在各地開辦女子宿舍，還有這個遺忘之島的遊戲，除了賺錢，背後還有什麼的原因？

赫卡忒曾經在她們的面前出現過？

為什麼沒有人知道她的身份？

她……究竟是誰？

「我愛妳們♡❤！」

她可愛地對著螢光幕做了一個心型的手勢。

「Welcome To My Game!♡❤」

《**真相背後的救贖，意想不到的結局。**》

《九個少女的宿舍》第三部結束．

待續

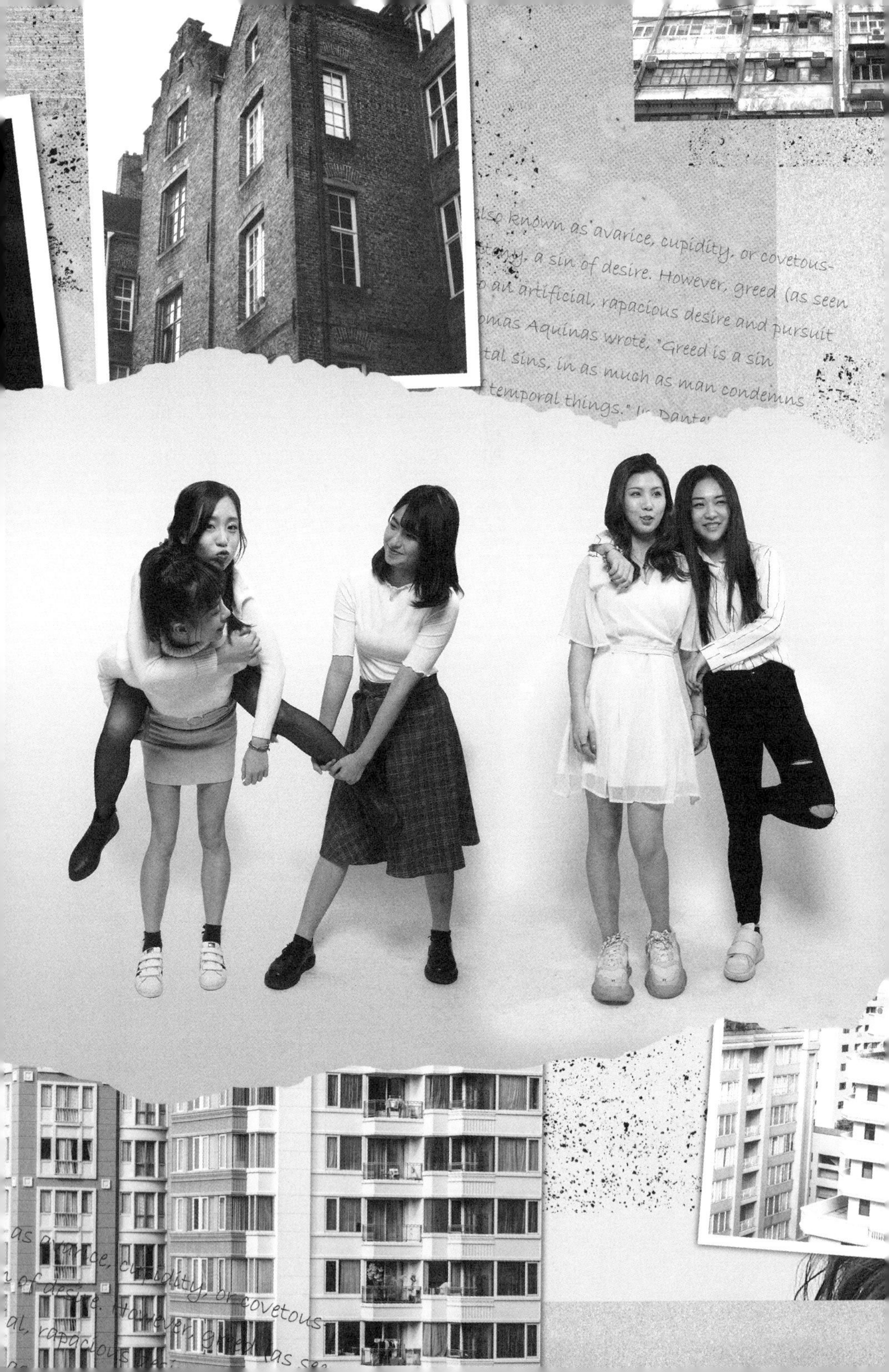

also known as avarice, cupidity, or covetous-
a sin of desire. However, greed (as seen
o an artificial, rapacious desire and pursuit
omas Aquinas wrote, "Greed is a sin
tal sins, in as much as man condemns
temporal things."
as avarice, cupidity, or covetous-
of desire. However, greed
al, rapacious

reed
ed (Latin: avaritia), also kn
ss, is, like lust and gluttony
the Church) is applied to an
f material possessions. Thom
against God, just as all mort
things eternal for the sake o
the penitents are bound and
concentrated excessively on
9個少女的宿舍
Greed
(Latin: avaritia), al
like lu and glutt
d to
Thom

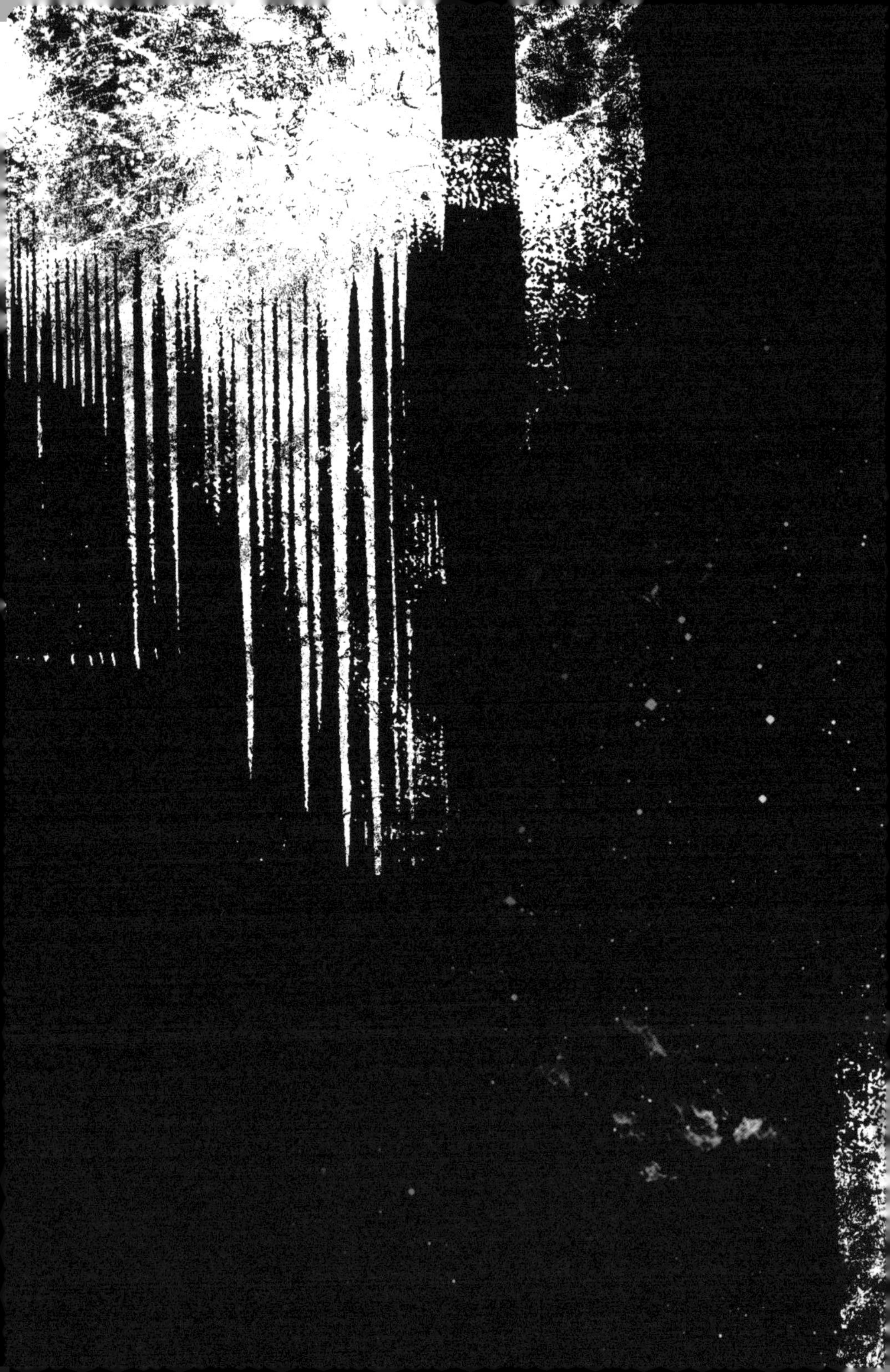

第四 [redacted] 部

To be continued.

孤泣特別鳴謝

孤泣小說團隊

由出版第一本書開始，只得我一人。直至現在，已經擁有一個孤泣小說的小小團隊。謝謝一直幫忙的朋友。從來，世界上衡量的單位也會用金錢來掛勾，但在這個「孤泣小說團隊」中，讓我發現，別人為自己無條件的付出。而當中推動的力量就只有四個大字——「我支持你！」很感動！在此，就讓我來介紹一直默默地在我背後支持的團隊成員。

App 製作部

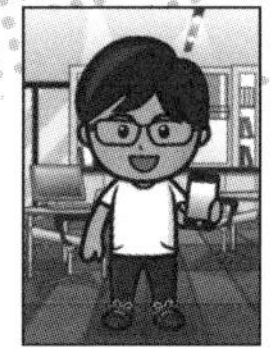

Jason

傳說中的 Jason 是以戇直、純真、傻勁加上一點點的熱血配製而成。為了達成一個小小的夢想，忍痛放棄一份外人以為穩定的工作，毅然投身自由創作人的行列。希望可以創作屬於自己的 iOS App、繪本、魔術書、氣球玩藝書、攝影手冊、攝影集、IT 工具書等。歡迎大家來 www.jasonworkshop.com 參觀哦！

編校部

RONALD

學藝未精小伙子，竟卻有幸擔任孤泣小說的校對工作。可說是人生一大幸運的事。

編校部

曦雪

曦雪，愛幻想、愛看書、愛笑愛叫的怪小孩，平時所有愛做的都不會做。嘉歡寫作卻不會寫，說是因為懂寫不懂作。

Winnifred，現實中的化妝師，見證多少有情人終成眷屬。喜歡美麗的事物，自成一格的審美態度：「美，可以是看不到、觸不到，卻能感受得到。」機緣巧合，成為孤泣的文字化妝師。

多媒體與平面設計部

阿鋒

平面設計師，孤泣愛好者。由讀者摇身一變成為團隊成員之一，期望以自己的能力助孤泣一臂之力。

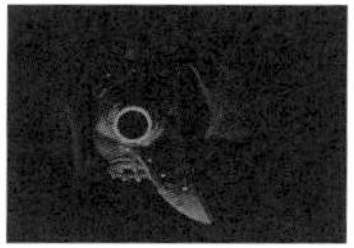

RICKY LEUNG

兜了一圈，原地做夢！感激孤泣賞識同時多謝工作室團隊，這團火燒到了我。創作人，路是難行但並不孤單。

阿祖

喜歡電影、漫畫、小說、創作，希望替孤泣塑造一個更立體的世界。

插畫部

13

不善於用文字去表達心情，但喜歡以圖畫畫出一片天空，這片天空是無限大，同時存在了無限個可能。多謝孤泣給我機會發揮我自己，而孤泣的小說，是我的優質食糧。

法律顧問

X律師

當孤泣問我如何殺人不坐監、未來人受不受法律約束時，我決定成為他的顧問，律師費請匯入我戶口，哈哈。

宣傳部

孤迷會

孤迷會 (Official)FB：

https://www.facebook.com/lwoavieclub

IG: LWOAVIECLUB

孤泣作品
LWOAVIE RAY COLLECTION
16

9個少女的宿舍

girls 3

孤出版

lwoavie1

lwoavie

孤泣個人網址
ray.lwoavie.com

作者
孤泣

校對編輯
首喬

攝影
Reeve Lee Chun Kit

美術設計
joe@purebookdesign

出版
孤泣工作室有限公司
荃灣德士古道 212 號 W 212 2005 室

發行
一代匯集
九龍旺角塘尾道 64 號龍駒企業大廈
10 樓 B & D 室

承印
美雅印刷製本有限公司
九龍觀塘榮業街 6 號海濱工業大廈 4 樓 A 室

出版日期 / 2021 年 7 月
ISBN 978-988-79940-7-7
定價 / 港幣 $98